华东师范大学2023年度精品教材建设专项基金资助项目
国际中文教育创新项目（21YH004CX6）阶段性成果
上海高校本科重点教改项目"以中国语言与文化传播为目标的高质量人才培养体系建设"阶段性成果

中国诗词赏析与诵读

文 娟 编著

上海大学出版社

图书在版编目(CIP)数据

中国诗词赏析与诵读 / 文娟编著 . -- 上海：上海大学出版社, 2024.9. -- ISBN 978-7-5671-5063-8

Ⅰ. I207.2

中国国家版本馆 CIP 数据核字第 2024WU1012 号

策　划　农雪玲
责任编辑　农雪玲
封面设计　倪天辰
技术编辑　金　鑫　钱宇坤
诵读音频　王丹丹
插图绘制　王乙宁

中国诗词赏析与诵读

文　娟　编著

上海大学出版社出版发行
（上海市上大路99号　邮政编码200444）
（https://www.shupress.cn　发行热线 021-66135112）
出版人　戴骏豪

*

南京展望文化发展有限公司排版
江苏凤凰数码印务有限公司印刷　各地新华书店经销
开本 710 mm × 1000 mm　1/16　印张 14.5　字数 237 千
2024年9月第1版　2024年9月第1次印刷
ISBN 978-7-5671-5063-8/I·710　定价 68.00元

版权所有　侵权必究
如发现本书有印装质量问题请与印刷厂质量科联系
联系电话：025-57718474

总序

(国际学生用) 本科生语言与文化系列教材

"智慧的创获、品性的陶熔、民族与社会的发展"是华东师范大学首任校长孟宪承先生提出的办学理念，也是我们今天卓越人才培养所秉承的座右铭。2020年11月3日由教育部新文科建设工作组主办的新文科建设工作会议发布的《新文科建设宣言》提出要"构建世界水平、中国特色的文科人才培养体系"，我认为这其中也包括要构建具有中国特色的国际学生人才培养体系。培养卓越国际学生是国际中文教育的办学目标。

随着改革开放以来的高速发展，中国在世界舞台上扮演着越来越重要的角色。古老中华的魅力、现代中国的活力和无限未来的可能吸引着越来越多的国际学生来华留学。来华留学已不再仅仅是短期的浸濡，而是接受学历教育，攻读学士、硕士、博士学位。据教育部统计，2018年共有来自196个国家和地区的492 185名各类留学人员在全国31个省（市、自治区）的1 004所高等院校学习。接受学历教育的有258 122人，占留学生总数的52.44%，其中本科生占67%（173 060人），硕士、博士研究生占33%（85 062人）。学历生首次超过语言进修生，这是一个标志性的转折，是改革开放至今的第一次转变（甚至是新中国成立以来的第一次），它意味着国际学生学习专业门类扩大和学历层次大幅度提高。

新时期的国际中文教育已经发生了巨大变化，人类社会的快速发展与变革，以及庞大的来华国际学生群体对人才培养和教学提出了更高要求。教材是教学的立身之本，是"传道、授业、解惑"之基础，也是学科建设的重要组成部分。再高明的演奏家如果没有乐器，再英勇的战士如果没有兵器，就真的如同巧妇难为无米之炊一般，因此教材建设事关重大，尤其是用于国际学生的教材建设。一直以来，国际学生学历教育的质量颇受诟病，原因之一就是缺乏系统的、高质量的乃至精品的教材。

华东师范大学国际汉语文化学院有着多年国际学生学历教育的历史和丰富的教学经验，编写过多种用于国际学生学历教育的优质教材，这次适时推出的"本科生语言与文化系列教材（国际学生用）"可以说是学院许多教师智慧与创新的结晶。这套系列教材主要包括两类且是开放的，一类是语言与语言教学，例如《国际中文教学概论》等，另一类是文化文学教学，例如《中国成语文化与运用》《中国诗词赏析与诵读》等。其中有些教材已经获得"华东师范大学精品教材建设专项基金"资助，颇有特色，例如《中国成语文化与运用》《中国诗词赏析与诵读》（文娟副教授）、《国际中文教学概论》（陶健敏博士），其他不少也在申请和计划申请过程中。

这个系列的语言与文化教材不是汉语作为二语学习的基础语言技能（听、说、读、写）训练教材，而是用于（本科）专业学习的。关于语言学习，其实有3种不同的含义：① 学习语言（to learn the language）（听、说、读、写、译的语言技能）；② 学习有关语言的知识（to learn about the language）（了解和掌握某种语言的规则系统等）；③ 通过语言学习（别的东西）（to learn through the language）。进入本科阶段学习的国际学生，理论上讲应该是已经掌握或者说基本掌握了汉语听、说、读、写、译的语言技能（即上述的①），进而能够用汉语学习本专业的知识和技能了（即上述的③，至于②，一部分是在学习①的时候接触到了，但作为系统的专业内容来学习，则是进入汉语言或汉语国际教育本科专业后进行的，比如关于汉语词汇、语法和语用的知识等）。当然随着专业学习的深入，对语言技能的要求也愈来愈高，比如学生需要大量阅读和深入理解语言、文学文化专业的文献，用汉语进行学术和学位论文的写作等。以往，有些院校的国际学生进入本科专业学习的门槛较低，学生甚至还需要花大量时间和课程去提高基础汉语能力，这非常不利于专业的学习。新颁布的《国际中文教育中文水平等级标准》，作为国家语言文字规范（GF 0025—2021）会促使这种情况的改变，专业内容主要是通过汉语来学习和掌握的。

语言本身就是文化，是文化的标示，同时它又是文化的载体。语言的承载和语言的使用无一不反映文化的产物（物态文化）、制度（制度文化）、行为（行为文化）和观念（心态文化）。这种"同现"使得语言教学与文化教学相辅相成。比如成语（这套系列教材中就有《中国成语文化与运用》），它反映的不仅仅是传统文化知识（历史典故），还体现了中国人千百年来为人处世的价值观和对自然与人类社会的认识；成语教学不仅是要学习者理解成语的内涵，还要让他们能在现实的交际与交流中恰当得体地运用。

古人云"文以载道""文以明道""以文化人"，若喻成今天的教材，可知其重要性。讲好中国故事、传播好中国声音、阐释好中国特色、展示好中国形象，没有好的教材是不行的。

2020年华东师大国际汉语文化学院的汉语国际教育本科专业（中国学生、国际学生）入选"国家级一流本科专业建设点"，2021年学院的汉语言本科专业（国际学生）入选"国家级一流本科专业建设点"。一个学院有两个本科专业进入"国家级一流本科专业建设点"，这极大地鼓舞了教师们编写出更好更精的教材的热情。东风化雨，相信我们终会培养出更多知华友华的卓越人才，只要我们努力！

是为序。

吴勇毅

2022年11月9日

于沪上苏堤春晓

序

在这个快节奏、高压力的时代，我们每天穿梭于钢筋水泥的城市丛林，忙忙碌碌，心灵深处却渴望着一片宁静与悠远。当夜幕降临，万籁俱寂之时，或许你会渴盼一缕来自千年前的清风，轻轻拂过你曾经干涸的心田，给你忙碌的生活带来一抹不可言喻的慰藉与启迪，这就是中国古典诗词的魅力。正是这份对美的追求与向往，引领我们翻开了这本由文娟副教授编著的《中国诗词赏析与诵读》。

文娟副教授执教于华东师范大学国际汉语文化学院，从事中国古代文学、中国文化与教育的研究和教学。这部《中国诗词赏析与诵读》的书稿，我能够先睹为快，并为之作序，感到十分高兴，万分荣幸。近年来我也曾经以"中国古典诗歌欣赏与创作""中国古典诗歌的书法表达"为题，在中国书法家协会、上海大学外国语学院、邢台市党工委、山东大学国际教育学院以及北京大学校友书画协会等做过专题讲座，反响热烈。中国是一个诗歌大国，中国古典诗词的基因一直在中国人的血液里流淌。自《诗经》以来，从秦汉魏晋到唐宋元明清，无数诗人挥洒笔墨，留下了海量的诗词作品，大浪淘沙，今天我们能够看到的都是这些作品中的佳作。这些作品是中国文化的瑰宝，也是世界文化宝库中的瑰宝。然而，面对古典诗歌的深邃与优美，不少来华留学生以及对中国文学感兴趣的读者常感到门槛较高，难以登堂入室，一窥其堂奥。正是出于这样一份认知与责任，文娟副教授在多年进行诗词赏析与诵读教学的基础上，倾心编著了这部《中国诗歌赏析与诵读》。法国汉学家白乐桑（Joël Bellassen）教授说过：要真正读懂中国，必须能够读懂中国的诗词。然而要真正读懂中国古典诗歌，必须具备古文修养、诗词格律修养、中国美学修养和中国历史文化修养，当然也还需要一些生活经历。正如蒋捷的《虞美人·听雨》所描绘的3种境界和心境：

> 少年听雨歌楼上，红烛昏罗帐。
> 壮年听雨客舟中，江阔云低，断雁叫西风。
> 而今听雨僧庐下，鬓已星星也。
> 悲欢离合总无情，一任阶前，点滴到天明。

听雨如此，读诗亦复如此。人生的不同阶段，对同一首诗的理解是不一样的。同样的文字，不同的人读来会有不同的感受。例如李商隐的《锦瑟》：

> 锦瑟无端五十弦，一弦一柱思华年。
> 庄生晓梦迷蝴蝶，望帝春心托杜鹃。
> 沧海月明珠有泪，蓝田日暖玉生烟。
> 此情可待成追忆，只是当时已惘然。

这是唐人的一首"朦胧诗"，千百年来不同的读者有不同的解读。古人说"诗言志，歌永言"，但是这首诗所言诗人之志到底是什么，却是言人人殊，不同读者的解读差异非常大，甚至判若云泥。这是因为每个人的人生经历不同，对同一首诗的理解也就不同。《中国诗歌赏析与诵读》在每一首作品的赏析过程中都会交代作者的时代背景以及诗歌创作的社会环境，可以帮助读者更好地理解诗歌的内涵。

特别值得一提的是，本书还强调了诗歌的诵读艺术。诗歌的韵律和节奏是其灵魂所在，通过诵读可以更好地体会诗歌的音律之美。因此，书中不仅提供了诵读技巧的指导，还附有音频示范，以便更好地帮助读者在真实的诵读中感受古典诗歌的魅力。需要特别指出的是，朗读和诵读是有区别的。朗读对声音的要求更接近生活、自然和本色，需要做到吐字清晰、准确，但不需要过多的艺术夸张，而诵读则对声音的要求风格化、个性化，需要通过音量、音区、节奏等方面的变化来形成独特的艺术感染力。

本书虽然是为来华留学生量身定做，但其实每一位对中国文化有兴趣的普通读者都能从中获益。无论你是初次接触中国诗歌的新手，还是已经有所了解但希望深入探索的爱好者，本书都将是你的良师益友。

在全球化的今天，文化交流日益频繁，了解并欣赏一个国家的诗歌，无疑是深入理解其文化的捷径。通过文娟副教授的这部《中国诗歌赏析与诵读》，我们不仅能够欣赏到中国诗歌的美，更能深刻感受到中华文化的博大精深。

《中国诗词赏析与诵读》不仅是一部书，更是一扇窗，它在我们面前缓缓开启，让我们得以窥见那个风华绝代、诗意盎然的古代中国。文娟副教授以一颗细腻敏感的心、一双洞察秋毫的眼，为我们精心挑选并深入剖析了众多脍炙人口的古典诗词佳作。她以平易近人的语言，将那些曾经遥不可及、高深莫测的文学瑰宝，化作了触手可及、温暖人心的文字，让每一位读者都能轻松跨越时空的界限，与古人进行一场跨越千年的心灵对话。书中每一首诗词的赏析都如同一次精心策划的旅行，引领我们穿梭于历史的长廊，感受诗人的喜怒哀乐，体验他们笔下描绘的壮丽山河、田园风光、离愁别绪与壮志豪情。更令人欣喜的是，书中穿插的精美插图，如同点睛之笔，将文字中的意境具象化，让我们的想象得以更加生动地展开，让我们仿佛置身于那个诗意弥漫的世界之中。

《中国诗词赏析与诵读》不仅仅是对诗词的解读，更是一次文化的传承与弘扬。它让我们意识到，在快节奏的现代生活中，古典诗词依然是我们精神的栖息地，是滋养心灵的甘露。通过这些诗词，我们将学会如何以更加细腻的情感去感知世界，以更加深邃的思考去理解人生。

在此，我衷心希望每一位翻开这本书的朋友，都能在这段旅程中找到属于自己的那份感动与启迪。让古典诗词的韵律与意境，成为你生活中不可或缺的一部分，让这份跨越千年的文化瑰宝，在你的心中绽放出更加璀璨的光芒。

最后，我要向文娟副教授致以最诚挚的敬意与谢意，是她用辛勤耕耘让我们有幸在今日能够如此便捷地领略到中国古典诗词的无限魅力。愿本书能够成为连接过去与未来的桥梁，让古典之美在更多人的心中生根发芽，绽放出更加绚烂的花朵。

崔希亮

中华诗词学会会员

甲辰荷月于京华传朴斋晴窗

前言

中国是诗歌的国度,"诗言志,歌永言",诗词中蕴含着中国文化的诸多因素,包括价值观念、审美情趣与人生智慧等等,经典作品的意蕴与旨趣随着时间沉淀,历久弥新。正如叶嘉莹教授所言:"中国古典诗词在中国传统文化中有着极为独特的崇高地位,浓缩了中华文化的精华,展示了几千年来中国人的精神风貌。在中国文化传统中,诗歌最宝贵的价值和意义,在于由作者到读者,不断传达出生生不已的感发的生命。"此外,诗词的语言典雅凝练,意境精妙隽永,既有"采采流水,蓬蓬远春"的纤秾,也有"坐中佳士,左右修竹"的典雅,还有"娟娟群松,下有漪流"的清奇,更有"不着一字,尽得风流"的含蓄……所谓"俯拾即是,不取诸邻。俱道适往,着手成春"。

2003年刚涉足国际中文教育的笔者,由于一个偶然的机会读到了骆玉明教授所著《美丽古典》序言中的话:"生命很古老,它有可能与各种生存样态相通,并借此丰富自己。在一首古诗的意境里,你可以徜徉于草木,流连在云水,或者聆听边城苍凉的笛声,那一刻生命享有丰美的意趣,并且知道任何一种生存都只是与时空的偶然相遇。"此后,笔者心中种下了一颗种子:以中国古典诗词引导国际学生感受中国传统文化、领略中式审美意境,从而获得不同的生命感悟,并且同时尝试通过语言课的课堂教学进行一些实践。不过,由于教学对象的特殊性,实际教学过程中面临着学生语言水平、知识背景、文化理解等方面的困境。

在国际学生中文水平与运用能力尚待提升的情况下,如何以诗词学习带动其语言能力的发展,达成语言学习与文化学习的交融共生?在使用现代汉语讲解作品基本含义的基础上,如何将古典诗词的语言美与人文美传递给国际学生,实现"美美与共"?在跨文化学习的背景之中,如何引导国际学生理解诗词中所体现出来的诗人、词人内心情感和生命境界，进而充满感情地流利诵读诗词？在不具备中国文学作品学习经验的情境下，如何从创作手法、意象选择、意境营造、情感体现等角度培养国际学生解读诗词的能力？从事国际中文教育20余年的笔者，一直在苦苦思索和探究这些问题。

"衣带渐宽终不悔，为伊消得人憔悴"，上述思考在几年前转化成了国际本科生课程"中国诗词赏析与诵读"。这门课至今已开设7轮，来自世界各地的200余名留学生先后修读。本教材在课程书稿的基础上，根据学生的使用反馈，不断打磨，最终修订而成，以提升具有高级中文水平的国际本科生古典诗词赏析能力与诵读能力为核心目标，呈现出如下几个方面的特点：

（1）主题式编撰设计，选篇遵循典型性原则。突破按照文学发展"时间轴"编写教材的传统模式，采用主题式设计，从"地域风情""传统节日""四季时序""花草树木""天地自然""人生情感"等6个维度，选取贴近社会生活、流传度较广且较为集中反映中国文化的经典作品，注重诗词主题性、艺术性与传播度的结合。

（2）赏析文字难易结合，适应国际学生特点。诗词作品的注释、解读与赏析深入浅出，使用通俗易懂的语言，同时融入具有一定难度的词汇。一方面适应国际学生的理解能力与接受程度，有利于引导他们领悟中国诗词的意境美，提高审美鉴赏能力，另一方面适当使用较为优雅且具有难度的书面语，增加学生文学性词汇的积累，提升写作素养。

（3）丰富多元练习设计，深化学习内容理解。每篇诗词作品均设计形式多样的练习，包括填空、判断、选择、简答等，用于启发引导学生思考，加深对所学诗词的理解，其中一些练习也有意识地引导学生进行跨文化对比，促进跨文化比较能力的提升。

（4）注重诵读能力提升，培养学生复合能力。专门开辟"古诗词诵读技巧"板块，通过"吐字归音""声调""停顿和重音""语调和语速"4个系列专题，并且将所选录的诗词全部录制为诵读示范音频，扫码可听，便于开展课后诵读训练，使学生具备将诵读相关理论知识与实践运用互相转化的能力。学生通过诵读诗词，可以进一步体悟古典诗词独具特色的艺术魅力。

2021年，教育部语言合作交流中心发布了《国际中文教育用中国文化和国情教学参考框架》，其中"大学及成人卷"的二级文化项目"语言与文化"板块要求学生理解中文谐音文化、语义文化、语用文化的特点和文化内涵，

"文学"板块则要求学生"了解并欣赏中国古典诗歌意境和艺术的特点及文学价值","理解中国古典文学与时代的关系和对中国文化的影响",而将语言学习与文化学习相结合正是本教材的编写宗旨之一。

《中国诗词赏析与诵读》是国际中文教育领域中"语""文"并举的一次尝试与实践,借此抛砖引玉,真诚期待未来出现一批引导学生以"语"悟"文",以"文"促"语"的国际本科生教材,"如逢花开,如瞻岁新",推动国际中文教育事业乘风破浪不断向前发展,最终实现"直挂云帆济沧海"。

文 娟

甲辰立秋于海上心斋

目录

第一章　概论 / 1
一、中国诗歌的发展演变 / 1
二、律诗、绝句与词 / 4

第二章　地域风情 / 8
一、江南与边疆 / 8
　　忆江南 / 8
　　枫桥夜泊 / 11
　　江南春 / 13
　　寄扬州韩绰判官 / 15
　　敕勒歌 / 17
　　使至塞上 / 19
二、晋鄂川与赣桂粤 / 22
　　登鹳雀楼 / 22
　　黄鹤楼 / 24
　　蜀相 / 27
　　望庐山瀑布 / 30
　　送桂州严大夫同用南字 / 33
　　惠州一绝 / 36
古诗词诵读技巧（一）　吐字归音 / 38

第三章　传统节日 / 41
一、春节与元夕 / 41
　　元日 / 41
　　生查子·元夕 / 44
二、寒食与清明 / 47
　　寒食 / 47
　　清明 / 50
三、端午与七夕 / 53
　　端午即事 / 53
　　鹊桥仙 / 56

四、中秋与重阳 / 59
　　十五夜望月寄杜郎中 / 59
　　九月九日忆山东兄弟 / 62
古诗词诵读技巧（二）　声调 / 65

第四章　花草树木 / 67
一、繁花的多彩与隐喻 / 67
　　桃夭 / 67
　　饮酒二十首（其五）/ 70
　　卜算子·咏梅 / 73
　　晓出净慈寺送林子方（其二）/ 76
二、草木的多姿与寄情 / 78
　　赋得古原草送别 / 78
　　苔 / 81
　　竹里馆 / 83
　　南轩松 / 85
古诗词诵读技巧（三）　停顿与重音 / 88

第五章　四季时序 / 91
一、春与夏 / 91
　　春晓 / 91
　　咏柳 / 93
　　绝句二首（其一）/ 95
　　山亭夏日 / 97
　　小池 / 99
　　西江月·夜行黄沙道中 / 101
二、秋与冬 / 104
　　秋词二首（其一）/ 104
　　山行 / 106
　　天净沙·秋思 / 108
　　白雪歌送武判官归京（节选）/ 111

　　　　问刘十九 / 113
　　　　江雪 / 115
　　古诗词诵读技巧（四）　语调与语速 / 117

第六章　天地自然 / 120
　　一、日与月 / 120
　　　　暮江吟 / 120
　　　　乐游原 / 123
　　　　静夜思 / 125
　　　　水调歌头 / 128
　　二、云与星 / 132
　　　　早发白帝城 / 132
　　　　独坐敬亭山 / 134
　　　　迢迢牵牛星 / 137
　　　　夜宿山寺 / 140
　　三、风与雨 / 142
　　　　秋风引 / 142
　　　　泊船瓜洲 / 144
　　　　春夜喜雨 / 146
　　　　夜雨寄北 / 149
　　四、山与水 / 152
　　　　望岳 / 152
　　　　题西林壁 / 155
　　　　观沧海 / 157
　　　　饮湖上初晴后雨二首（其二）/ 160

第七章　人生情感 / 163
　　一、怀古与家国情 / 163
　　　　出塞二首（其一）/ 163
　　　　乌衣巷 / 166
　　　　春望 / 169

　　　　十一月四日风雨大作（其二）/ 172
　二、离别与友情 / 175
　　　　送杜少府之任蜀州 / 175
　　　　送元二使安西 / 178
　　　　黄鹤楼送孟浩然之广陵 / 180
　　　　别董大二首（其一）/ 182
　三、思念与爱情 / 184
　　　　关雎 / 184
　　　　竹枝词二首（其一）/ 187
　　　　江城子·乙卯正月二十日夜记梦 / 189
　　　　一剪梅 / 193
　四、乡愁与亲情 / 196
　　　　渡汉江 / 196
　　　　杂诗三首（其二）/ 198
　　　　月夜忆舍弟 / 200
　　　　游子吟 / 203

选录诗词作者简介 / 206

参考书目 / 212

第一章　概论

一、中国诗歌的发展演变

（一）《诗经》和《楚辞》

《诗经》是中国文学史上最早的诗歌总集，分为"风""雅""颂"三部分，反映了西周到春秋时期的历史面貌和生活状况，成为中国现实主义诗歌的源头。

"风"即"国风"，是各个地区的地方音乐，占据《诗经》总体篇目的多数。周代设有采诗之官，到民间收集歌谣，整理后交给太师（负责音乐的官员）谱曲，演唱给周王听，作为施政的参考，这些民间歌谣就是《诗经》中"国风"的来源，因此，"国风"中的不少作品都具有现实主义倾向，例如《硕鼠》中写道："硕鼠硕鼠，无食我黍！三岁贯汝，莫我肯顾。"意思是：大田鼠呀大田鼠，不许吃我的黍子！多年辛苦养活你，你却对我不照顾。"雅"大部分是宫廷宴会或者朝会时的乐歌，"颂"则是宗庙祭祀的舞曲歌辞，内容主要是歌颂祖先的功业。

《楚辞》是中国最早的浪漫主义诗歌总集，作品由屈原、宋玉、东方朔等人创作，汉代刘向编辑成书。因其作品运用楚地（今湖南、湖北一带）的方言、声韵，又涉及很多这个地区的风土物产，具有浓厚的地方色彩而得名。《楚辞》中以屈原作品为主，收录了屈原的《离骚》《九歌》等，效仿楚辞体例的其他作品也被称为"楚辞体"。《离骚》是中国古代最长的抒情诗，其中有不少感人至深的诗句，例如"路曼曼其修远兮，吾将上下而求索"，意思是：在追求真理的道路上还有很长的路要走，但我会百折不挠地去追求探索。这两句诗表现了屈原勇于追求真理和光明、坚持正义和理想的精神。

（二）汉代乐府诗与魏晋南北朝诗歌

汉朝时政府中有专门的官职和人员采编民歌、民谣并配乐演唱，形成了一个庞大的乐府机构，由乐府搜集整理的诗歌，后世叫"乐府诗"或简称"乐府"。

乐府诗的特点是语言朴素自然，文字简练生动，情景结合。例如《江南》中写道："江南可采莲，莲叶何田田，鱼戏莲叶间。鱼戏莲叶东，鱼戏莲叶西，鱼戏莲叶南，鱼戏莲叶北。"意思是：江南水上可以采莲，莲叶多么茂盛，鱼儿在莲叶间嬉戏。鱼在莲叶的东边嬉戏，鱼在莲叶的西边嬉戏，鱼在莲叶的南边嬉戏，鱼在莲叶的北边嬉戏。

魏晋南北朝诗歌包括魏晋文人诗、南朝民歌与北朝民歌等。魏晋文人诗以"建安七子"（曹操等）、"竹林七贤"（阮籍等）、谢灵运、谢朓为代表，其中"二谢"的诗歌创作对唐代的山水田园诗影响很大。例如谢灵运《登池上楼》中写道："池塘生春草，园柳变鸣禽。"意思是：池塘长满了春日的青草，园中柳树上各种鸣叫的小鸟有了变化。唐代大诗人李白的诗句"梦得池塘生春草，使我长价登楼诗"和宋代理学家朱熹的诗句"未觉池塘春草梦，阶前梧叶已秋声"等都化用了《登池上楼》中的这一名句。

（三）唐诗

唐代是中国诗歌的鼎盛时期，这一时期诗歌的主要特点有：

（1）内容丰富，形式多样。从题材内容上而言，有山水田园、边塞生活、民风民俗等；从形式上而言，有五言古体诗、七言古体诗、五言绝句、七言绝句、五言律诗、七言律诗等，既传承了古代乐府风格，又在此基础上发展创新，融入了平仄等要素。

（2）著名诗人与流派众多。唐代诗人的著名代表有"初唐四杰"（王勃、杨炯、卢照邻、骆宾王）、王维、孟浩然、王昌龄、岑参、李白、杜甫、白居易、李商隐、杜牧等，其中王维被称为"诗佛"，李白被称为"诗仙"，杜甫被称为"诗圣"，刘禹锡被称为"诗豪"。唐代诗歌可以分为山水田园诗派、边塞诗派、浪漫诗派、现实诗派等众多不同的流派与风格。

（3）留存作品数量庞大。清代康熙年间编纂的《全唐诗》收录了2 200多位诗人的作品，共计48 900多首，其中包括许多至今仍然脍炙人口的作品，例如《春晓》《出塞》《静夜思》《望岳》《夜雨寄北》等等。

（四）宋词

词是诗的一种别体，依托于隋唐燕乐这种新的音乐类型，兴起于中唐，到了宋代，词进入了发展的全盛时期。《全宋词》收录了1 300多位词人的将近20 000首作品，可以说，宋词与唐诗共同形成了中国诗歌历史上的双子星。

宋词的题材前期集中在伤春悲秋、离愁别绪、风花雪月等方面，后来苏轼提倡"以诗入词"，扩大了词的题材，提高了词的品格，将词人的"言情"与诗人的"言志"结合起来，在词的"雅化"方面取得了突破。

按照词作的风格，宋词主要分为婉约派和豪放派。婉约派代表词人主要有柳永、秦观、李清照等，词作内容侧重描写儿女风情，意境柔美含蓄，例如"杨柳岸，晓风残月"（柳永《雨霖铃·寒蝉凄切》），"柔情似水，佳期如梦"（秦观《鹊桥仙·纤云弄巧》），"云中谁寄锦书来，雁字回时，月满西楼"（李清照《一剪梅·红藕香残玉簟秋》）。豪放派代表词人主要有苏轼、辛弃疾等，词作的题材较为广泛，意境雄浑壮阔，例如"乱石穿空，惊涛拍岸，卷起千堆雪"（苏轼《念奴娇·赤壁怀古》），"马作的卢飞快，弓如霹雳弦惊"（辛弃疾《破阵子·为陈同甫赋壮词以寄之》）。

（五）元曲

元曲指的是盛行于元代的杂剧和散曲。杂剧是戏曲的一种，不仅有唱词、动作，而且还有念白，其中的唱词与宋词较为相似，而语言通俗，对景色与具体场景描写鲜明生动，较为适合表演。例如王实甫《西厢记》：

（夫人、长老上云）今日送张生赴京，十里长亭安排下筵席。我和长老先行，不见张生、小姐来到。

（旦、末、红同上）

（旦云）今日送张生上朝取应，早是离人伤感，况值那暮秋天气，好烦恼人也呵！悲欢聚散一杯酒，南北东西万里程。

【正宫·端正好】碧云天，黄花地，西风紧，北雁南飞。晓来谁染霜林醉？总是离人泪。

散曲是诗歌的一种，没有念白，内容以抒情为主，分为小令、带过曲和套数。例如马致远《天净沙·秋思》就是一首小令："枯藤老树昏鸦，小桥流水人家，古道西风瘦马。夕阳西下，断肠人在天涯。"

二、律诗、绝句与词

（一）律诗

律诗因格律要求严格而得名，起源于南朝，至初唐进一步发展定型，盛行于唐宋以后，在字数、押韵、平仄、对仗等各方面都有严格规定。常见的类型有五言律诗和七言律诗，六言律诗较少见。

律诗每首8句，如果超过8句则称为排律。五律每句5字，整首共40字；七律每句7字，整首共56字。以8句完篇的律诗，每2句成1联，共有4联。第一联为首联，第二联为颔联，第三联为颈联，第四联为尾联。其中颔联与颈联要求必须对偶，首联与尾联则可灵活处理。例如：

月夜忆舍弟

[唐] 杜甫

戍鼓断人行，边秋一雁声。（首联）
露从今夜白，月是故乡明。（颔联）
有弟皆分散，无家问死生。（颈联）
寄书长不达，况乃未休兵。（尾联）

律诗通常押平声韵，而且必须按韵书中的字押韵。原则上只能用本韵，不能用邻韵；有时候也允许入韵的首句用邻韵，叫作"借韵"；还要求全首通押一韵，即一韵到底，中间不得换韵。第二、四、六、八句押韵，首句可押可不押。

此外，律诗每句的句式和字的平仄都有规定，所谓"一、三、五不论，二、四、六分明"，也就是说一般而言，每句第一、三、五（仅指七言）字的平仄可以灵活处理，而第二、四、六以及最后一字的平仄则必须严格遵守。

（二）绝句

绝句，又称截句、断句、短句，有学者认为是因"截取律之半"而得名。

绝句由4句组成，分为律绝和古绝，其中律绝有严格的格律要求。按每句字数，可分为五言绝句、六言绝句、七言绝句，其中六言绝句比较少。律绝跟律诗一样，依照律句的特点，讲究平仄，押韵严格。

律绝使用对仗，常常用在首联，例如苏轼《饮湖上初晴后雨》："水光潋滟晴方好，山色空蒙雨亦奇。欲把西湖比西子，淡妆浓抹总相宜。"也有部分绝句使用尾联对仗，例如孟浩然《宿建德江》："移舟泊烟渚，日暮客愁新。野旷天低树，江清月近人。"还有一些绝句首、尾两联都用对仗，也就是全篇用对仗。例如王之涣《登鹳雀楼》："白日依山尽，黄河入海流。欲穷千里目，更上一层楼。"

古绝，即古绝句，主要指唐以前的绝句诗，例如南北朝著名诗人庾信《野步诗》："值泉仍饮马，逢花即举杯。稍看城阙远，转见风云来。"后来的诗人不愿受格律约束而创作的绝句也属于"古绝"。这类诗作虽然押韵，但相对来说平仄较为自由，五言比较多，而七言非常少。

（三）词

词是一种能与音乐相结合的文学体裁，特点是长句与短句结合，便于歌唱，也叫作"长短句"；同时又因为能合乐而歌，所以又叫作"曲子词""琴趣"等，也称为"诗余"。按长短规模分，大致可分为小令（58字以内）、中调（59—90字）和长调（91字及以上）。只有一段的词称为单调，分两段的称为双调，分三段或四段的则称为三叠或四叠。其中以双调为主流。

词牌是词的调子的名称，不同的词牌在总句数、总字数，每句的字数、平仄上都有规定。词最初伴着曲子歌唱，曲子有一定的旋律与节奏，词牌就是填词用的曲调名。每一种词牌都代表一支曲子，不同的词牌在总句数、总字数以及每句的字数上都有规定，例如《如梦令》33字、《相见欢》36字、《卜算子》44字、《鹊桥仙》56字等。词人可以根据不同的词牌直接"填词"。

词牌并不是词的题目，仅能把它当作词谱看待。到了宋代，有些词人为了表明词意,常在词调下面另加题目,而词牌与题目用"·"隔开,例如陆游的词作《卜算子·咏梅》,"卜算子"是词牌名,"咏梅"是题目。有些词人为了明确表达词的意思或者说明创作背景,还会在词前面写一段小序,例如苏轼《水调歌头·明月几时有》,词作前就有小序"丙辰中秋,欢饮达旦,大醉,作此篇,兼怀子由",说明创作这首词的时间、状态、心情,体现了他在中秋节晚上对家人的思念之情。

练习与思考

1. 中国现实主义诗歌的源头是_____,它分为____、____、____三大部分;"硕鼠硕鼠,无食我黍!三岁贯汝,莫我肯顾"的意思是_____。

2. 中国最早的浪漫主义诗歌总集是_____,其中以_____的作品为主;"路曼曼其修远兮,吾将上下而求索"的意思是_____。

3. 乐府诗有什么特点?请写出能反映"江南水上可以采莲,莲叶多么茂盛,鱼儿在莲叶间嬉戏"意思的乐府诗句。
_____
_____

4. 为什么说唐代是中国诗歌发展的鼎盛时期?被称为"诗佛""诗仙""诗圣""诗豪"的唐代著名诗人分别是谁?
_____
_____

5. 宋词按照词作的风格,可以分为_____派和_____派,其中前者的代表人物有_____、_____和_____,后者的代表人物有_____和_____。

6. 律诗每2句成1联,共有4联。第一联为_____联,第二联为_____联,第三联为_____联,第四联为_____联。

7. 按每句字数,绝句可分为_____、_____和_____;孟浩然的绝句《宿建德江》对仗的诗句是_____,_____。

8. 选择填空

（1）苏轼的《饮湖上初晴后雨》是一首_____，_____。

（2）杜甫的《月夜忆舍弟》是一首_____，_____。

（3）按长短规模分，词大致可分为_____。

（4）苏轼《水调歌头·明月几时有》，词作前写道："丙辰中秋，欢饮达旦，大醉，作此篇，兼怀子由。"这是词的_____。

　A. 小令、中调和长调

　B. 颔联是"露从今夜白，月是故乡明"

　C. 首联对仗，尾联不对仗

　D. 小序

　E. 七言绝句

　F. 五言律诗

第二章 地域风情

一、江南与边疆

（一）江南

忆 江 南[1]

〔唐〕白居易

其一

江南好，风景旧曾谙[2]；
日出江花红胜火[3]，
春来江水绿如蓝[4]。
能不忆江南？

jiāng nán hǎo, fēng jǐng jiù céng ān;
rì chū jiāng huā hóng shèng huǒ,
chūn lái jiāng shuǐ lǜ rú lán。
néng bú yì jiāng nán?

其二

江南忆,最忆是杭州;　　jiāng nán yì, zuì yì shì háng zhōu;
山寺月中寻桂子[5],　　　shān sì yuè zhōng xún guì zǐ,
郡亭枕上看潮头[6]。　　　jùn tíng zhěn shàng kàn cháo tóu。
何日更重游[7]!　　　　　hé rì gèng chóng yóu!

创作背景

白居易曾经担任杭州刺史,在杭州任职两年,现在西湖的白堤就是他在任上修建的;后来他又担任苏州刺史,任期一年多。他回到洛阳后,写下了三首《忆江南》,本书选录其中两首。

注 释

1. 忆:回忆。
2. 旧:以前。曾:曾经。谙:熟悉。
3. 江花:江边的花朵。
4. 绿如蓝:绿得胜过蓝草。蓝:蓝草,叶子可制青绿染料。
5. 桂子:桂花。
6. 枕:枕卧,躺。潮头:杭州钱塘江潮水的浪峰。
7. 重:重新,再次。

译 文

江南美好,风景旧日就熟悉。太阳升起,江边的鲜花比火焰更红,春天到来时,碧绿的江水绿得胜过蓝草。怎么能让人不怀念江南?

江南的回忆,最能唤起回忆的是杭州。在山寺的月影之中寻找桂花,登上郡亭躺卧着欣赏钱塘江大潮。什么时候能够再次去游玩?

赏 析

第一首词写对江南的整体回忆。"日出江花红胜火,春来江水绿如蓝",通过对江花和春水的生动描绘,呈现出江南春天江花红、江水绿的绚丽美景,"花"和"日"是同色烘托,"花"和"江"是异色映衬。

第二首词描绘杭州之美,通过山寺寻桂和钱塘观潮的两个画面来反映

"江南好",表达了诗人对杭州的回忆以及深深的思念之情。"山寺月中寻桂子",山、寺、月影与桂子,表现出环境的清幽与雅致;"郡亭枕上看潮头"所用文字表面看似平静,其中却蕴含着钱塘江大潮的动态美。

练习与思考

(一)填空

1. "春来江水绿如蓝"中"绿如蓝"的意思是_____。
2. 词中描绘杭州之美的两个画面是_____和_____。

(二)判断

1. 这首词是白居易在杭州任职的时候创作的。（　　）
2. "能不忆江南"这一句的意思是"我可以不怀念江南"。（　　）

(三)选择

1. "风景旧曾谙"中"谙"的意思是_____。

　　A. 昏暗

　　B. 记得

　　C. 熟悉

　　D. 忘记

2. "日出江花红胜火"这一句诗使用的创作手法是_____。

　　A. 动静结合

　　B. 同色烘染

　　C. 明暗对比

　　D. 异色映衬

(四)简答

请说一说什么情况下你会使用"何日更重游"来表达自己的心情。

_____

_____

枫桥夜泊[1]

[唐]张继

月落乌啼霜满天[2]，　　yuè luò wū tí shuāng mǎn tiān,
江枫渔火对愁眠[3]。　　jiāng fēng yú huǒ duì chóu mián。
姑苏城外寒山寺[4]，　　gū sū chéng wài hán shān sì,
夜半钟声到客船[5]。　　yè bàn zhōng shēng dào kè chuán。

创作背景

755年，安史之乱爆发。因为当时江南相对而言比较安定，所以不少文士纷纷逃到江浙一带避乱，张继也来到了这里。他在秋夜中乘船路过苏州寒山寺的时候写下了这首诗。由于这首诗流传非常广泛，"枫桥"和"寒山寺"也成了苏州的"城市名片"。

注释

1. 夜泊：夜里停船靠岸。
2. 乌啼：乌鸦啼叫。霜满天：形容天气非常寒冷。
3. 江枫：江边的枫树。渔火：渔船上的灯火。对愁眠：伴着忧愁入睡。
4. 姑苏：指苏州。
5. 夜半钟声：半夜的时候响起的钟声。

译文

月亮已经落下，乌鸦在啼叫，寒气满天，对着江边的枫树和渔火忧愁入睡。苏州城外的寒山寺，半夜时候敲响的钟声传到了客船。

赏析

这首诗描绘了一幅秋夜江畔渔火点点，游子卧闻静夜钟声的图景。

前两句用14个字密集地描写了6种意象：落月、啼乌、满天霜、江枫、渔火、不眠人。其中"霜满天"虽然不是真实的自然景观，但是这样的描写特别符合诗人的感受：深夜寒意笼罩着夜泊的小舟，使他感到茫茫夜色中弥漫着霜意。"江枫"与"渔火"，一静一动，一暗一明，对比鲜明。后两句意象较为疏朗，城、寺、船、钟声形成了一种幽远的意境，"夜半钟声"则衬托出了夜晚的安静。在客船上听到这样空灵的钟声，旅途中的愁思尽在不言中，使整首诗呈现出情景交融的艺术美。

练习与思考

（一）填空

1. "夜泊"的意思是_____，"霜满天"用来形容_____。
2. 诗中动静与明暗搭配组合的一句诗是_____。

（二）判断

1. "霜满天"既是诗人真实的感受，又是他亲眼所见的景象。（ ）
2. "对愁眠"的意思是对着忧愁无法入睡。（ ）

（三）选择

1. 这首诗的意象众多，其中成为苏州的"名片"的两个意象是_____。

　　A. 江枫/寒山寺　　　　　　B. 江枫/渔火

　　C. 枫桥/寒山寺　　　　　　D. 枫桥/渔火

2. 下面对"姑苏城外寒山寺，夜半钟声到客船"理解正确的是_____。（可多选）

　　A. 以乐景写哀情，用所见所闻表达心中的忧伤

　　B. 情景交融，形成了一种幽远的意境

　　C. 空灵的钟声衬托了夜晚的安静

　　D. 蕴含着旅途中不尽的愁思

（四）简答

请说一说你对这首诗中哪一个意象印象最深刻，为什么？

_____

江 南 春

[唐] 杜牧

千里莺啼绿映红[1]，　　qiān lǐ yīng tí lǜ yìng hóng，
水村山郭酒旗风[2]。　　shuǐ cūn shān guō jiǔ qí fēng。
南朝四百八十寺[3]，　　nán cháo sì bǎi bā shí sì，
多少楼台烟雨中[4]。　　duō shǎo lóu tái yān yǔ zhōng。

创作背景

杜牧生活的晚唐时代，因为统治者崇尚佛教，加重了老百姓的负担，当他在金陵（今江苏南京）看到眼前的风景，不禁想起几百年前佛教同样兴盛的梁朝，虽然建造了大量的寺庙，到头来却是一场空，怀古的感叹使他创作了这首诗，用来委婉地劝诫王朝的统治者。

注 释

1. 莺啼：泛指鸟鸣的声音。
2. 水村：水边的村庄。山郭：山中的村庄。酒旗：酒家的旗帜。
3. 南朝：指宋、齐、梁、陈4个朝代，都城在建康（今江苏南京）。
   四百八十寺：这里是虚写，意思是很多寺庙，南朝皇帝和大官都崇尚佛教，在都城建造了大量佛寺。
4. 楼台：楼阁亭台。烟雨：像烟雾一样的小雨。

译 文

千里江南到处都是鸟鸣的声音，绿树与红花相互映衬，水边和山中的村子处处酒旗飘动。南朝遗留下了很多寺庙，无数的楼阁亭台都笼罩在像烟雾一样的小雨中。

赏析

这首诗将众多意象组合在一起,描绘了一幅江南春日画卷,同时又在怀古的想象中表达忧思。

第一句"千里莺啼绿映红"写自然的景色,有声有色,动静结合。第二句"水村山郭酒旗风",使人脑海中浮现出一幅酒旗飘飘的画面,写出了江南多水而且酒文化盛行的地域特色。后两句"南朝四百八十寺,多少楼台烟雨中","南朝"二字给这幅画增添了悠远的历史色彩,"烟雨"则为诗人眼前所见到的景色营造了若隐若现的朦胧感;众多寺院笼罩在像烟雾一样的小雨中,隐含着诗人对历史兴亡盛衰的感慨,以及对国家命运的担忧。

练习与思考

(一)填空

1. "烟雨"的意思是_____,"南朝"指的是_____ 4个朝代,这4个朝代都以_____(城市名)为都城。

2. "南朝四百八十寺,多少楼台烟雨中"这两句诗中"南朝"二字增添了_____的历史色彩,"烟雨"营造了_____的朦胧感。

(二)判断

1. "千里莺啼绿映红"使用了明暗对比的创作手法,色彩鲜明。(　　)
2. 这首七言绝句诗创作的目的是描绘江南春日明媚的风光。(　　)

(三)选择

1. 下面关于"四百八十寺"理解正确的是_____。
   A. 虚写/四百八十座寺庙　　　　B. 虚写/很多寺庙
   C. 虚实结合/四百八十座寺庙　　D. 虚实结合/很多寺庙

2. 写出了江南多水而且酒文化盛行的地域特色的诗句是_____。
   A. 千里莺啼绿映红　　　　　　B. 水村山郭酒旗风
   C. 南朝四百八十寺　　　　　　D. 多少楼台烟雨中

(四)简答

为什么说第一句诗有声有色,动静结合?

_____

_____

寄扬州韩绰判官[1]

[唐]杜牧

青山隐隐水迢迢[2]，　qīng shān yǐn yǐn shuǐ tiáo tiáo，
秋尽江南草未凋[3]。　qiū jìn jiāng nán cǎo wèi diāo。
二十四桥明月夜[4]，　èr shí sì qiáo míng yuè yè，
玉人何处教吹箫[5]？　yù rén hé chù jiào chuī xiāo？

创作背景

833—835年，杜牧在扬州做官，和韩绰相识并成为好友。这首诗是杜牧离开扬州以后，怀念昔日友人韩绰而作。

注释

1. 判官：唐代一种官职的名称，当时时韩绰任淮南节度使判官。
2. 隐隐：不清晰、不明显的样子。迢迢：悠长。
3. 尽：结束。凋：凋谢。
4. 二十四桥：传说隋炀帝时期，有24个美人月夜在桥上吹箫，因此得名"二十四美人桥"，简称"二十四桥"或"廿四桥"；诗中用此桥来泛指扬州的众多小桥。
5. 玉人：貌美之人，这里是杜牧对韩绰的戏称。教：使，令。

译文

青山隐隐约约，绿水悠悠长流，江南深秋时节，草木还没有凋零。明亮的月光映照着二十四桥，老友你在何处听取美人吹箫呢？

赏析

前两句"青山隐隐水迢迢，秋尽江南草未凋"，回忆江南的秋日风光。"青山""水迢迢""草未凋"组合在一起，表现了江南秋天依旧山清水秀的特征，为后两句的想象提供美好的背景；"隐隐"与"迢迢"这两个叠字词刻画了青山隐现、绿水悠长的画面，而且暗含诗人与友人之间距离遥远。

后两句"二十四桥明月夜，玉人何处教吹箫"，以想象的方式描绘出一幅月明桥上吹箫的图景。"二十四桥明月夜"表现了扬州风光的繁华独特与浪漫迷人，"何处"说明想象中的地点不确定，侧面反映出当年诗人与韩绰一起诗酒风流的生活，寄托了诗人对昔日好友的怀念。

练习与思考

（一）填空

1. "青山""水迢迢""草未凋"表现了江南_____的特征。
2. "玉人何处教吹箫"中的"教"的读音是_____，意思是_____。

（二）判断

1. "二十四桥明月夜，玉人何处教吹箫"是诗人看到的真实场景。（   ）
2. 这首诗既描写了江南的风景又蕴含着对友人的怀念之情。（   ）

（三）选择

1. "玉人"是指_____，这里是杜牧对_____的戏称。
   A. 职位高的人/韩绰　　　　　　B. 职位高的人/亲兄弟
   C. 貌美之人/韩绰　　　　　　　D. 貌美之人/亲兄弟

2. "青山隐隐水迢迢，秋尽江南草未凋"这两句诗中"隐隐"与"迢迢"是两个叠字词，使用效果是_____。（可多选）
   A. 渲染了伤感的情绪与氛围　　　B. 刻画了江南青山绿水的画面
   C. 暗含诗人与友人距离遥远　　　D. 表达了无法与好友见面的遗憾

（四）简答

读了这首诗，你对扬州留下了怎样的印象？

（二）边疆

敕　勒　歌[1]

北朝民歌

敕勒川，阴山下[2]，　　　chì lè chuān, yīn shān xià,
天似穹庐[3]，笼盖四野[4]。　tiān sì qióng lú, lǒng gài sì yǎ。
天苍苍[5]，野茫茫[6]，　　　tiān cāng cāng, yě máng máng,
风吹草低见牛羊[7]。　　　fēng chuī cǎo dī xiàn niú yáng。

创作背景

北朝民歌主要是指5—6世纪期间用汉语记录的北方歌谣，这些歌谣风格豪放，抒情率直，语言质朴，表现了北方民族英勇豪迈的气概。这首《敕勒歌》就是一首典型的北朝民歌，最早见于宋朝郭茂倩所编写的《乐府诗集》。

注　释

1. 敕勒川：古代敕勒族居住的地方，在今天的内蒙古一带。
2. 阴山：内蒙古的一座山脉。
3. 穹庐：用布搭成的帐篷，即蒙古包。
4. 笼盖：笼罩，覆盖。野：古音读"yǎ"。
5. 苍苍：青色。
6. 茫茫：辽阔无边的样子。
7. 见：通"现"，显现。

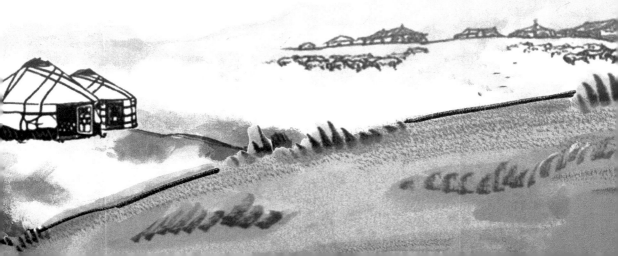

译文

阴山脚下有敕勒族生活的大草原,天空好像巨大无比的圆顶毡帐,笼罩了草原的四面八方。天空一片蔚蓝,原野辽阔无边。有风吹过的时候,草低下来,能看见一群群牛羊。

赏析

这首诗采用了宏观和微观相结合的表现手法,描绘了阴山下的草原风光和游牧民族的生活风貌,意境雄浑开阔。

开篇通过"敕勒川,阴山下"点明敕勒川的位置,以阴山作为背景,给人雄伟之感;"天似穹庐,笼盖四野"以草原上牧民居住的圆顶毡帐来比喻天空,描绘出一幅一望无际的壮阔画面。后三句"天苍苍,野茫茫,风吹草低见牛羊"动静结合,呈现出苍茫辽远又生机勃勃的草原全景图。"风吹草低见牛羊"由静态转为动态,从细处着眼,呈现出清风吹过,在牧草低伏下去的地方,牛羊出现的情景,画面生动形象,具有很强的视觉效果。

练习与思考

(一)填空

1. 《敕勒歌》这首诗最早见于宋朝郭茂倩所编写的_____。
2. 这首诗描绘了阴山下的_____和_____的生活风貌。

(二)判断

1. 这首北方民歌意境雄浑开阔,凸显了北方民族温婉的性格。( )
2. "敕勒川,阴山下"以阴山作为背景,对风景进行了细节描写。( )

(三)选择

1. 从细处着眼,画面生动形象,具有很强的视觉效果的诗句是_____。
   A.敕勒川,阴山下　　　　B.天似穹庐,笼罩四野
   C.天苍苍,野茫茫　　　　D.风吹草低见牛羊
2. "天似穹庐"使用了_____修辞手法,把_____想象成_____。
   A 拟人/天空/圆顶毡帐　　　B.拟人/圆顶毡帐/天空
   C 比喻/天空/圆顶毡帐　　　D.比喻/圆顶毡帐/天空

(四)简答

请说一说这首诗带给你的关于草原风景的想象。

使至塞上[1]

[唐]王维

单车欲问边[2]，　　dān chē yù wèn biān,
属国过居延[3]。　　shǔ guó guò jū yán。
征蓬出汉塞[4]，　　zhēng péng chū hàn sài,
归雁入胡天。　　　guī yàn rù hú tiān。
大漠孤烟直，　　　dà mò gū yān zhí,
长河落日圆。　　　cháng hé luò rì yuán。
萧关逢候骑[5]，　　xiāo guān féng hòu jì,
都护在燕然[6]。　　dū hù zài yān rán。

创作背景

737年，唐朝在与吐蕃的战争中获胜，唐玄宗派王维到边塞慰问将士，并且访查军情。这首诗就创作于此次出塞途中，记述了诗人行程的所见所感。

注释

1. 使至塞上：奉命出使边塞。使：出使。
2. 单车：一辆车，这里指轻车简从。问边：慰问守卫边关的官兵。
3. 属国：汉代负责外交事务的官员，诗人在这里借此指自己。居延：地名，在今甘肃张掖市西北，当时远在西北边塞。

4. 征蓬：随风远飞的蓬草。
5. 萧关：古代的关名，故址在今宁夏固原东南。候骑：骑马的侦察兵。
6. 都护：唐朝在西北边疆置安西、安北等六大都护府，长官称都护。燕然：古山名，今蒙古国杭爱山，这里指前线。

译文

轻车简从将要去慰问边关，去的地方已经远过了居延。像蓬草飘出了汉塞，像归雁飞入了北方的天空。沙漠中孤烟直上，黄河边落日浑圆。走到萧关时遇到骑马的侦察兵，他说都护正在燕然前线。

赏析

这首诗描绘了诗人出使所见的塞外风景，抒发了其孤寂落寞的心情。

首联"单车欲问边，属国过居延"，交代此行目的和到达地点，"单车"暗示随从少，仪节规格不高之意。颔联"征蓬出汉塞，归雁入胡天"，由景生情，以"蓬"与"雁"比喻奉命出使的诗人，侧面表达了其内心的愤懑不平。颈联"大漠孤烟直，长河落日圆"是千古名句，抓住沙漠中典型的风景进行刻画，对仗工整。"大漠"对"长河"，意境开阔，"孤烟直"对"落日圆"，形象逼真；"直"写出了"孤烟"的形状，具有刚劲挺拔之美，"圆"描绘了"落日"的样子，呈现出温暖而苍茫的画面。尾联与首联相呼应，交代了这一次"问边"的结果，侦察兵告诉诗人，将领正在前线，因此，诗人没能见到将领。

练习与思考

（一）填空

1. 这首诗的题目的意思是_____，"单车"的意思是_____，暗示_____。
2. "孤烟直"具有_____之美，"落日圆"呈现出_____的画面。

（二）判断

1. 这首诗创作于出塞途中，记述了诗人行程的所见所感，场面十分热闹。（　　）
2. 颈联对仗十分工整，其中"孤烟"对"长河"。（　　）

（三）选择

1. 按诗歌的内容分类，这首诗属于_____。

    A. 咏物诗

    B. 边塞诗

    C. 送别诗

    D. 田园诗

2. "征蓬出汉塞，归雁入胡天"，由景生情，运用了_____的修辞手法，侧面表达了诗人内心的_____。

    A. 拟人/思乡之情

    B. 夸张/喜悦愉快

    C. 比喻/愤愤不平

    D. 排比/失落无奈

（四）简答

这首诗中的千古名句是什么？你读过之后脑海中出现了怎样的一幅画？

二、晋鄂川与赣桂粤

(一) 晋鄂川

登鹳雀楼[1]

[唐] 王之涣

白日依山尽[2]，　　bái rì yī shān jìn,
黄河入海流。　　　huáng hé rù hǎi liú。
欲穷千里目[3]，　　yù qióng qiān lǐ mù,
更上一层楼[4]。　　gèng shàng yì céng lóu。

创作背景

王之涣在官场不顺利，被人诬陷罢官，此后就一直过着访友漫游的生活，在35岁的时候登临鹳雀楼写下了这首诗。

注释

1. 鹳雀楼：在山西省永济市的黄河岸边，因为经常有鹳雀栖息在上面而得名。
2. 白日：太阳。依：依傍。尽：消失，指太阳依傍着山峰落下。
3. 欲：想要。穷：完全、到达极点。千里目：看到千里之外的风景。
4. 更：再。

译文

夕阳依傍着山峰落下，黄河向东奔流入海。想要完全看到千里之外的风光，就要再登上更高的一层楼。

赏析

这是一首全篇对仗、形式完美的绝句，前景后思，结合巧妙。

前两句写所见的景象，"白日"和

"黄河"是两个名词相对，"白"与"黄"是两种色彩相对，"依"与"入"是两个动词相对。"白日依山尽"的远景壮观宏大，"黄河入海流"的近景气势磅礴，远近结合，用浅显朴素的语言描写了眼前所见的壮美山河。后两句写所想所思，"千里"与"一层"相对，"目"与"楼"相对，"欲穷"与"更上"包含着希望和达成的方法。"欲穷千里目"是诗人不断探求的愿望，而实现这个愿望当然需要站得更高些，也就是"更上一层楼"，其中蕴含着要获得更大的成功，就要付出更多努力的哲理。

练习与思考

（一）填空

1. 诗中的"尽"指太阳＿＿＿＿＿＿，"千里目"的意思是＿＿＿＿＿＿。
2. 这是一首全篇对仗的诗作，例如"白日"与＿＿＿＿＿相对，"依山"与＿＿＿＿＿相对，＿＿＿＿＿与"更上"相对等。

（二）判断

1. 这首诗前面两句写眼前所见之景，后两句写诗人所想所思，结合巧妙。（　　）
2. "欲穷千里目"表面上写的是想要看到更远的风景，实际上蕴含着诗人不断探求的愿望。（　　）

（三）选择

1. ＿＿＿＿＿＿在＿＿＿＿＿＿的情况下创作了这首＿＿＿＿＿＿。
   A. 王维/位居高位/五言绝句
   B. 王维/访友漫游/五言律诗
   C. 王之涣/位居高位/五言绝句
   D. 王之涣/访友漫游/五言律诗
2. "白日依山尽，黄河入海流"语言＿＿＿＿＿＿，使用了＿＿＿＿＿＿的手法。
   A. 浅显朴素/同色烘托　　　　B. 浅显朴素/远近结合
   C. 含义深刻/同色烘托　　　　D. 含义深刻/远近结合

（四）简答

这首诗表达诗人所思所想的诗句是哪两句？说一说你从中体会到的哲理。

黄 鹤 楼[1]

[唐] 崔颢

昔人已乘黄鹤去[2]，　xī rén yǐ chéng huáng hè qù,
此地空余黄鹤楼[3]。　cǐ dì kōng yú huáng hè lóu。
黄鹤一去不复返[4]，　huáng hè yí qù bú fù fǎn,
白云千载空悠悠[5]。　bái yún qiān zǎi kōng yōu yōu。
晴川历历汉阳树[6]，　qíng chuān lì lì hàn yáng shù,
芳草萋萋鹦鹉洲[7]。　fāng cǎo qī qī yīng wǔ zhōu。
日暮乡关何处是[8]？　rì mù xiāng guān hé chù shì？
烟波江上使人愁[9]。　yān bō jiāng shàng shǐ rén chóu。

创作背景

这首诗具体创作时间已无从考证。当年崔颢登上黄鹤楼观赏眼前景物，因景生情，创作了这首诗。据说李白非常欣赏崔颢这首《黄鹤楼》，曾写道："眼前有景道不得，崔颢题诗在上头。"

注释

1. 黄鹤楼：黄鹤楼是江南三大名楼之一，建于武汉市武昌区长江边的蛇山上，可以在此远眺长江，传说曾有人在这里乘着黄鹤飞升成仙。
2. 昔人：以前的仙人。
3. 空：只。
4. 去：离开。复返：再次返回。
5. 悠悠：悠然地飘荡。

6. 晴川：阳光照耀下的原野。历历：清晰可见的样子。

7. 萋萋：草木茂盛的样子。

8. 乡关：家乡。

9. 烟波：形容江湖水面被烟雾笼罩的景象。

译文

以前的仙人已经乘着黄鹤离开了，这里只留下空荡荡的黄鹤楼。黄鹤飞走以后再也没有回来，千百年来只看见悠悠飘荡的白云。阳光照耀下汉阳的树木清晰可见，还能看到草木茂盛的鹦鹉洲。傍晚暮色渐浓，哪里才是我的家乡呢？江面烟波渺渺，真是使人忧愁。

赏析

这首诗描绘了黄鹤楼所见景色，各种意象虚实结合、鲜明生动、色彩缤纷，富于绘画美。

首联"昔人已乘黄鹤去，此地空余黄鹤楼"融入仙人乘鹤的传说，生动地描绘出黄鹤楼枕山临江的近景。颔联"黄鹤一去不复返，白云千载空悠悠"，通过想象，呈现出白云衬托下江天相接的远景，以此凸显黄鹤楼耸入天际的宏伟。颈联"晴川历历汉阳树，芳草萋萋鹦鹉洲"，由虚幻的传说转为实写眼前所见的景物，直接描写阳光下长江的明朗日景，为下文愁绪的展开奠定基础。尾联"日暮乡关何处是？烟波江上使人愁"，间接表现日暮时分江面朦胧的晚景，与诗作前面部分所营造的渺茫意境相呼应，最后以"愁"字收篇，准确地表达了此时诗人在黄鹤楼上思乡不见乡的心情。

练习与思考

（一）填空

1. 这首诗描写的是_____（城市）的风景，"历历"形容_____的样子，萋萋形容_____的样子。

2. 诗中描写的4种景分别是_____景、_____景、_____景、_____景。

（二）判断

1. 这首诗是一首七言律诗，李白读过之后认为崔颢这首诗写得不够好。

（　　）

2. "黄鹤一去不复返，白云千载空悠悠"描写的是白云衬托下江天相接的远景，这是诗人梦中所见。　　　　　　　　　　　（　　）

（三）选择

1. 这首诗中诗人的"愁"是_____。

   A. 政治失意之愁

   B. 忧国忧民之愁

   C. 思念家乡之愁

   D. 恋情失败之愁

2. 下面对于"晴川历历汉阳树，芳草萋萋鹦鹉洲"理解正确的是_____。（可多选）

   A. 描写的是阳光下长江的明朗日景

   B. 描写的是关于当地虚幻传说中的景色

   C. "晴川"与"芳草"对仗

   D. 由虚幻的传说转为实写眼前所见的景物，引发下文中登楼远眺的愁绪

（四）简答

请写出诗的尾联，并说一说你在什么情况下会使用这样的诗句？

_____

_____

蜀　相

［唐］杜甫

丞相祠堂何处寻[1]，　　chéng xiàng cí táng hé chù xún,
锦官城外柏森森[2]。　　jǐn guān chéng wài bǎi sēn sēn。
映阶碧草自春色[3]，　　yìng jiē bì cǎo zì chūn sè,
隔叶黄鹂空好音。　　　gé yè huáng lí kōng hǎo yīn。
三顾频烦天下计[4]，　　sān gù pín fán tiān xià jì,
两朝开济老臣心[5]。　　liǎng cháo kāi jì lǎo chén xīn。
出师未捷身先死[6]，　　chū shī wèi jié shēn xiān sǐ,
长使英雄泪满襟[7]。　　cháng shǐ yīng xióng lèi mǎn jīn。

注　释

1. 丞相：指代诸葛亮。祠堂：用来祭祀先祖或者先贤的场所，这里指武侯祠。武侯祠在今四川省成都市，是纪念三国时期蜀国丞相诸葛亮的祠堂，因为诸葛亮曾被封为武乡侯而得名。
2. 锦官城：成都的代称。因为成都以蜀锦闻名，为了保护和管理蜀锦生产，古代专门设立了"锦官"这一官职。森森：茂密的样子。
3. 映阶：映照着台阶。
4. 三顾：化用"三顾茅庐"的典故。频烦：同"频繁"，多次。

5. 两朝开济：意思是诸葛亮曾经辅佐刘备与刘禅两代君主，辅助前者开创蜀国，辅佐后者治理蜀国。两朝：刘备与刘禅两代君主。开：开创。济：扶助。
6. 出师：带领军队出征打仗。捷：胜利。
7. 襟：衣领。

译文

在哪里能寻找到诸葛亮丞相的祠堂，就在成都城外柏树茂密的地方。绿色的草映照着台阶，自有一片春色，黄鹂隔着树叶鸣叫，空有美妙的声音。

刘备三顾茅庐多次（向诸葛亮）询问统一天下的计策，诸葛亮曾经辅佐（刘备与刘禅）两代君主，非常忠心。可惜诸葛亮带着军队讨伐魏国未获得胜利就病亡了，这使历代英雄常常感慨得泪湿衣襟。

创作背景

759年，杜甫来到成都，结束了4年漂泊的生活，在朋友的资助下，暂时定居在这里。第二年春天，杜甫参观了武侯祠，写下了这首动人的诗。创作这首诗的时候，安史之乱还没有平息，诗题中的"蜀相"指蜀国的丞相诸葛亮，因此，诗中既有对历史人物的怀念，也有对现实的情感寄托。

赏析

这首诗从武侯祠所见景物出发，寓情于景，并融入议论，抒发诗人对诸葛亮才能品德的崇敬，以及对其功业未遂的感慨。

首联"丞相祠堂何处寻，锦官城外柏森森"，"何处寻"是自问，"寻"字表明此行是专程而来，并不是偶遇，"森森"两字营造了一种深沉悲凉的意境。颔联"映阶碧草自春色，隔叶黄鹂空好音"，色彩鲜明，动静结合，生动地描绘了武侯祠的春色，也使诗人触景生情：自然界的春天已经来临，但是国家的中兴却不知何时，诗人在"自春色""空好音"中融入了主观感情，暗含着内心的忧伤，以乐景写哀情。颈联"三顾频烦天下计，两朝开济老臣心"，暗含"三顾茅庐"的典故，体现了诸葛亮的才能，同时也写出了诗人对他的敬仰。尾联"出师未捷身先死，长使英雄泪满襟"，以"身先死"和"泪满襟"表现出诗人对诸葛亮事业未完成就早早离开人世的痛惜心情。

练习与思考

（一）填空

1. "锦官城"指的是_____（城市名），"祠堂"指的是_____，诗作题目中的"蜀相"是指_____。
2. "映阶碧草自春色，隔叶黄鹂空好音"将内心的忧伤暗含在美丽的春色描写中，这种创作手法被称为_____。

（二）判断

1. 这一次诗人到武侯祠并非专程前往，而是偶然来到这里的。（　　）
2. "锦官城外柏森森"中的"森森"的意思是茂密的样子，用来营造一种愉快惬意的氛围。（　　）

（三）选择

1. 下面对于"映阶碧草自春色，隔叶黄鹂空好音"理解不正确的是_____。（可多选）

    A. 生动地描绘了武侯祠的春色
    B. 诗人由自然界的春天联想到国家的中兴
    C. "自春色""空好音"是不带感情色彩的客观描写
    D. 色彩鲜明，动静结合，没有哀伤之情

2. "三顾频烦天下计，两朝开济老臣心"暗含的历史典故是_____。

    A. 诸葛亮三气周瑜
    B. 刘关张桃园三结义
    C. 刘备三次请诸葛亮出山
    D. 陶谦三次让徐州给刘备

（四）简答

写出诗的尾联，并说一说这两句表现出诗人怎样的思想感情。

_____

_____

（二）赣桂粤

望庐山瀑布

[唐] 李白

日照香炉生紫烟[1]，　　rì zhào xiāng lú shēng zǐ yān,
遥看瀑布挂前川[2]。　　yáo kàn pù bù guà qián chuān.
飞流直下三千尺[3]，　　fēi liú zhí xià sān qiān chǐ,
疑是银河落九天[4]。　　yí shì yín hé luò jiǔ tiān.

创作背景

725年前后,李白出游途经江西庐山。庐山云雾缭绕、山峰独特、瀑布飞泻,第一次到庐山的李白,被此处瀑布的壮美所震撼,于是创作了这首诗。

注 释

1. 香炉:指庐山的香炉峰。紫烟:指日光透过云雾照在瀑布上,远望好像紫色的烟雾。
2. 遥看:从远处看。挂:悬挂。川:河流,这里指瀑布。
3. 三千尺:形容山之高、瀑布之长,是夸张的说法。
4. 银河落九天:好像银河从天上落下来,形容瀑布落差非常大。九天:天空中极高的地方。

译 文

香炉峰在阳光的照射下生起紫色的烟雾,从远处看,瀑布好像白色丝绸一样挂在山前。高高的山崖上飞腾直落的瀑布好像有几千尺,让人怀疑是银河从天上落到了人间。

赏 析

这首诗语言生动形象,描绘了庐山瀑布壮丽的景色,表达了诗人对祖国大好河山的热爱。

首句"日照香炉生紫烟"写瀑布周围水汽升腾的景象,在阳光的照射下,仿佛是这座香炉峰里冒出了紫色烟雾,"生"字生动地表现出烟云缓缓上升的样子,为后面直接描写瀑布渲染了神秘的气氛。第二句"遥看瀑布挂前川","遥看"呼应了诗题中的"望"字,瀑布虽然飞流而下,但是这里却用"挂"字化动为静,呈现出远望瀑布的画面。后两句"飞流直下三千尺,疑是银河落九天"使用了夸张和比喻的修辞手法,"飞流"把瀑布高空落下的壮观景象表现得栩栩如生,"直下"既写出了山之高,又写出了水之急,而"三千尺"这样夸张的描写更是凸显了庐山的高峻;"疑是银河落九天"这一比喻奇特而巧妙,把"飞流直下"的瀑布的雄奇气势表现得淋漓尽致,一个"疑"字用得空灵活泼,增添了瀑布的神奇色彩。

练习与思考

（一）填空

1. 这首诗的题目交代了诗人在＿＿＿＿＿＿（地点）＿＿＿＿＿＿（做什么）。
2. "疑是银河落九天"的意思是＿＿＿＿＿＿＿＿＿＿＿＿＿＿＿＿＿＿＿＿，
   这句诗中把＿＿＿＿比作＿＿＿＿。

（二）判断

1. 江西庐山云雾缭绕、山峰独特、瀑布飞泻，这首诗写的就是庐山"瀑布飞泻"的壮丽景色。（   ）
2. "飞流直下三千尺"运用了夸张的修辞手法。（   ）

（三）选择

1. 如何理解"日照香炉生紫烟"这句诗？＿＿＿＿＿＿（可多选）

   A. 香炉中冒出的烟雾在阳光照耀下呈现出紫色。
   B. "紫烟"用来形容在阳光的照射下水汽升腾的景象。
   C. "生"的使用形象生动，表现出烟云缓缓上升的样子。
   D. 用烟雾缭绕渲染神秘的气氛，为后面的描写奠定基础。

2. 下面对于"飞流直下三千尺，疑是银河落九天"理解正确的是＿＿＿＿＿。（可多选）

   A. "飞流"描写瀑布从高空落下的壮观
   B. "直下"写出了水之急和山之高
   C. "三千尺"凸显了庐山的高峻
   D. 诗人用瀑布来比喻银河，生动形象，"疑"字增加了神奇色彩

（四）简答

为什么说"遥看瀑布挂前川"这句诗中"挂"字使用非常巧妙？

＿＿＿＿＿＿＿＿＿＿＿＿＿＿＿＿＿＿＿＿＿＿＿＿＿＿＿＿＿＿＿＿＿＿

＿＿＿＿＿＿＿＿＿＿＿＿＿＿＿＿＿＿＿＿＿＿＿＿＿＿＿＿＿＿＿＿＿＿

送桂州严大夫同用南字[1]

[唐]韩愈

苍苍森八桂[2],　　cāng cāng sēn bā guì,
兹地在湘南[3]。　　zī dì zài xiāng nán。
江作青罗带,　　　jiāng zuò qīng luó dài,
山如碧玉簪[4]。　　shān rú bì yù zān。
户多输翠羽[5],　　hù duō shū cuì yǔ,
家自种黄甘[6]。　　jiā zì zhòng huáng gān。
远胜登仙去,　　　yuǎn shèng dēng xiān qù,
飞鸾不假骖[7]。　　fēi luán bù jiǎ cān。

创作背景

822年,韩愈的朋友严谟调任桂州总管府的行政长官,当时担任兵部侍郎的韩愈送诗赠别,为友人描绘了神秘秀美的桂林风景。桂林以独特的自然山水风光闻名,有"桂林山水甲天下"之称。

注释

1. 桂州：隋唐设桂州始安郡，治所在今广西桂林。严大夫：指严谟。同用南字：一同使用"南"字作为韵脚。
2. 苍苍：深绿色。森：茂盛。八桂：神话传说，月宫中有八株桂树，桂州因为桂树多而得名，所以"八桂"是它的别称。
3. 兹：此，这。湘南：今湖南以南，指桂州。
4. 篸：本义是缝衣针，也指古人用以插定发髻或连冠于发的一种长竹针，后专指妇女插髻的首饰，同"簪子"的"簪"。
5. 输：缴纳。翠羽：翠鸟的羽毛。
6. 黄甘：一说为黄皮果，一说为柑橘。
7. 飞鸾：仙人所乘的神鸟。骖：驾在车前两侧的马，代指马车。不假骖：不需要坐马车。

译文

郁郁苍苍的八桂之地就在湘南。那里的江好像一条条青色的纱罗衣带，山如同一支支碧玉发簪。户户多缴纳翠鸟的羽毛，家家都自己种植黄皮果。去桂林做官远远胜过登仙而去，完全不需要借助神鸟为坐骑去飞升成仙。

赏析

首联"苍苍森八桂，兹地在湘南"，前一句以当地多桂树开篇，令人仿佛置身于八桂成林的南方胜地，后一句写桂林的地理位置在湘水之南，距离的遥远与遍地桂树结合，蕴含神秘之感，引发遐想。颔联"江作青罗带，山如碧玉篸"，用"青罗带""碧玉篸"这些女性的服饰或首饰作比喻，巧妙地抓住了桂林山水秀丽的特点，极为传神地写出了山与水的状貌，描绘出一幅山青水碧、水中有山、山水相映的美景，是千古名句。颈联"户多输翠羽，家自种黄甘"，写桂林独特的物产和当地的风俗人情。"多"与"自"说明珍贵的翠鸟羽毛与京城人觉得新奇的黄甘在当地是常见的物产，增加了此地的吸引力。尾联"远胜登仙去，飞鸾不假骖"，在前面的诗句描写桂林山水的秀美和物产的奇异之后，以浪漫的想象点明送行之意，朋友这一次去桂林虽然不乘飞鸾，但是"远胜登仙"。

练习与思考

（一）填空

1. 诗人列举了_____等意象，来展现桂林的风土人情。
2. "远胜登仙去，飞鸾不假骖"以_____点明送行之意。

（二）判断

1. 这一首送别诗，从诗题"送桂州严大夫同用南字"可知，送别的对象是离开桂州前往其他地方赴任的严大夫。（   ）
2. "苍苍森八桂"中的"森"意思是森林，因此这句诗说明八桂大地上森林非常多。（   ）

（三）选择

1. "江作青罗带，山如碧玉篸"这两句诗分别用_____比喻_____。

   A. 江水比喻青罗带/山比喻碧玉篸
   B. 青罗带比喻江水/碧玉篸比喻山
   C. 江水比喻青罗带/碧玉篸比喻山
   D. 青罗带比喻江水/山比喻碧玉篸

2. "户多输翠羽，家自种黄甘"中"多"和"自"说明_____。

   A. 当地人口众多
   B. 当地物产奇异
   C. 当地山清水秀
   D. 当地风俗独特

（四）简答

"江作青罗带，山如碧玉篸"这两句诗描绘出了一幅什么样的桂林山水画面？

_____

_____

惠州一绝

〔宋〕苏轼

罗浮山下四时春[1],　　luó fú shān xià sì shí chūn,
卢橘杨梅次第新[2]。　　lú jú yáng méi cì dì xīn。
日啖荔枝三百颗[3],　　rì dàn lì zhī sān bǎi kē,
不辞长作岭南人[4]。　　bù cí cháng zuò lǐng nán rén。

创作背景

1094年,苏轼因为"讥斥先朝"的罪名被贬到惠州(今广东惠州),他以乐观旷达的心境安然处之,寓居惠州期间创作了不少与岭南相关的作品,表现出对此地风物的热爱之情,其中包括《四月十一日初食荔枝》《新年五首》《赠昙秀》《食荔枝二首》等等,《惠州一绝》出自《食荔枝二首》,是其中最著名的一篇。

注释

1. 罗浮山:在今广东省惠州市博罗县,长百余公里,风景秀丽,为岭南名山。
2. 卢橘:橘的一种,但在这首诗中指的是枇杷。次第:一个接着一个。
3. 啖:吃。
4. 岭南:指中国南方的五岭之南的地区,相当于现在广东、广西及海南全境,古代被视为蛮荒之地。

译文

罗浮山下四季都是春天,枇杷和杨梅陆续新鲜上市。如果每天吃三百颗荔枝,我愿意永远都做岭南的人。

赏析

这首诗语言通俗，节奏明快，在描写岭南风物的同时表达了诗人对荔枝的喜爱，侧面体现出他逆境中的乐观心态。

前两句"罗浮山下四时春，卢橘杨梅次第新"，一方面写出了罗浮山下的气候特点，另一方面用卢橘和杨梅两种水果来凸显这里佳果多，为下面荔枝的出现进行铺垫。在人们以为这就是惠州最有名的特产之时，以"日啖荔枝三百颗"的夸张表现手法，引出了惠州真正的"一绝"，表明原来前面写卢橘和杨梅，不过是卖个关子而已。"不辞长作岭南人"中"不辞"二字，表现了诗人对惠州的热爱以及对于被贬之后随遇而安的豁达心态，"岭南人"说明诗人虽然是身在异乡，却能够做到"此心安处是吾乡"，能够以从容的态度面对人世间的风风雨雨。

练习与思考

（一）填空

1. "次第"的意思是_____，"啖"的意思是_____。
2. 诗作题目"惠州一绝"中"一绝"指的是_____。

（二）判断

1. 这首诗是苏东坡被贬到惠州之后创作的，表现出对此地风物的热爱之情。　　　　　　　　　　　　　　　　　　　　　　（　　）
2. "日啖荔枝三百颗"说明大家一起吃荔枝，荔枝的消耗量非常大。（　　）

（三）选择

1. "罗浮山下四时春"这句诗写出了当地_____的特点。
   A. 风景秀丽　　　B. 气候宜人　　　C. 山高树多　　　D. 四季分明
2. "日啖荔枝三百颗"使用的表现手法是_____。
   A. 夸张　　　　　B. 比喻　　　　　C. 拟人　　　　　D. 对比

（四）简答

"不辞长作岭南人"中"不辞"两字，表现了诗人怎样的思想感情？

_____

_____

古诗词诵读技巧（一）

吐 字 归 音

　　吐字归音作为诵读中关键的发声技巧，使用传统发音手段使字音更为清楚、准确、完整、饱满，古诗词诵读首先需要做好"吐字归音"。

　　古诗词一般篇幅不长、讲究平仄、抑扬顿挫，特别适合诵读。这类作品诵读的时候，首先要吐字清晰，圆润饱满，将每个字音发完整，既不要吃字，也不要吞音，如果诵读的字音不清晰完整，会使诵读效果受到影响。例如"江南好，风景旧曾谙"（白居易《忆江南》），口腔状态懒散造成吐字不清的话，"曾谙""céng ān"发音就会黏连模糊，影响语音面貌，而"乌衣巷口夕阳斜"（刘禹锡《乌衣巷》），语速偏快的话，"夕阳"读出来就会接近"xiáng"。

　　汉语一个汉字就是一个音节，音节一般由声母、韵母和声调三部分组成，字音由字头、字腹、字尾三部分组成。因此，吐字归音的要领是：字头有力，叼住弹出；字腹饱满，拉开立起；字尾归音，到位准确。

　　（1）字头有力，叼住弹出。字头就是声母或声母和韵头。发字头音就是口腔打开的阶段。"叼住"是指字头的发音部位要准确，用唇舌中部的力量，虽然需要有一定力度，但是不能满口用力；"弹出"是指字头的发音要轻捷，具有弹动感，随时可以进行口型的变化。例如"爆竹声中一岁除，春风送暖入屠苏"（王安石《元日》），"爆"字头b，弹出有力，又不过分用力，口腔打开，迅速滑到ao；"暖"字头nu，是声母n和韵头u（介音），叼住弹出，不要拖音，迅速滑到an。

　　（2）字腹饱满，拉开立起。诵读的时候，需要保持字腹发音圆润饱满，提升音质和清晰度。那么如何实现字腹发音的"拉开立起"呢？简单地说，就是要打开口腔。打开口腔分"提、打、挺、松"4个步骤。

　　第一，"提"，提颧肌。可以尝试找到微笑的感觉，让颧肌略微有紧张感。

　　第二，"打"，打开牙关。可以找一找咬苹果的感觉，让牙关打开，这样能使口腔打开，产生的共鸣才会优美动听。

第三,"挺",挺软腭。软腭在哪里?舌头舔到上齿背,向里是硬腭,再向里,舔到的软肉就是软腭。打开口腔最难做的就是"挺软腭"这一步,这里介绍几个简单的小技巧:① 倒吸一口凉气。可以试着倒吸一口凉气,感受一下,这时候软腭抬起来了。② 半打哈欠。可以找半打哈欠的感觉,试试打哈欠,软腭自然挺起。③ 干呕。想想恶心的感觉,干呕的时候软腭也会自然抬起。

第四,"松",松下巴。当我们抬起头自然地看天时,嘴巴会张开,这时候下巴就是放松的姿态,可以通过抬头看天来找到这种"松下巴"的感觉。

(3)字尾归音,到位准确。"归音"要求在一个字的字尾部分发音完整,不能只顾字头、字腹,而忽略字尾。如果不注意音节的完整,忽略了声音收落阶段的字尾,容易造成"半截字"的现象;如果把字尾收得过紧、过强,就会显得过于呆板,也会影响归音的效果。例如"白云千载空悠悠"(崔颢《黄鹤楼》),"悠"y-o-u,韵尾是u,口型圆唇,弱收。

【练习文本】

江 南 春

〔唐〕杜牧

千里莺啼绿映红,水村山郭酒旗风。
南朝四百八十寺,多少楼台烟雨中。

【练习提示】

1. 主要关注韵母,尤其是韵腹的发音,即韵母中主要元音的发音。主要元音的开口度较大,声音响亮,韵腹加上声调,形成抑扬顿挫的音乐美。
2. 语速放慢,口腔打开;声音放大,每个字音完整到位;不要蹦字,声断气不断。
3. 重点字的发音:
   (1)千 q-i-a-n,山 sh-a-n,南 n-a-n,烟 y-a-n:口腔打开,不然发音太扁;
   (2)水 sh-u-i:韵尾是 i,归音在 i,嘴型是扁的,不要发成 sh-u-ei;

（3）村c-u-n：u要读出来，有过渡衔接；

（4）郭g-u-o，多d-u-o：归音o，圆唇；

（5）朝ch-a-o，少sh-a-o：韵母先发a音，过渡到o；

（6）百b-a-i，台t-a-i：先发a音，归音在i。

第三章 传统节日

一、春节与元夕

（一）春节

元　日[1]
[宋] 王安石

爆竹声中一岁除[2]，　　bào zhú shēng zhōng yí suì chú,
春风送暖入屠苏[3]。　　chūn fēng sòng nuǎn rù tú sū。
千门万户曈曈日[4]，　　qiān mén wàn hù tóng tóng rì,
总把新桃换旧符[5]。　　zǒng bǎ xīn táo huàn jiù fú。

创作背景

这首诗创作于王安石刚担任丞相之时,面对当时宋王朝严重的社会危机,他上书皇帝主张变法改革。新年的时候,王安石见到家家户户都忙着准备过春节,联想到变法开始的新气象,有感而发,创作了此诗。因此,诗作充满热闹欢快的节日气氛及积极向上的奋发精神。

注释

1. 元日:元的意思是始,元日就是初始之日,一般指农历正月初一,即中国传统节日春节,有贴对联、贴门神、吃饺子、吃年糕、放鞭炮、逛庙会等习俗。
2. 除:逝去。
3. 屠苏:屠苏酒,中国古代春节时全家合饮的一种酒,又名岁酒。
4. 千门万户:形容人户众多。瞳瞳:太阳出来时光亮温暖的样子。
5. 桃符:中国古代挂在大门上的两块画着门神样子或写着门神名字的桃木板。

译文

爆竹声中旧的一年过去了,春风送来温暖,人们欢乐地喝着屠苏酒。初升的太阳照着千家万户,人们都忙着把旧的桃符取下,换上新的桃符。

赏析

这首诗通过放爆竹、饮屠苏酒、换新桃符等生活细节,用白描手法表现出春节欢快热闹的气氛。

第一句"爆竹声中一岁除"紧扣题目"元日",描写人们在阵阵鞭炮声中送走旧岁迎来新年,渲染了春节热闹喜庆的气氛。第二句"春风送暖入屠苏"描写人们在和暖的春风中畅饮屠苏酒时欢乐愉快的场景。第三句"千门万户瞳瞳日"写太阳的光辉普照千家万户,象征无限光明美好的前景。第四句"总把新桃换旧符"与第一句爆竹送旧岁呼应,呈现出万象更新的景象,寄托着诗人对改革成功的期待,蕴含新生事物总会取代没落事物的哲理。

练习与思考

（一）填空

1. "元日"指的是_____，这首诗中所涉及的中国古代元日习俗包括_____。

2. 这首诗用_____手法表现出节日_____的气氛。

（二）判断

1. 因为王安石刚刚被贬官离职，所以这首诗的感情基调是悲伤哀愁。（   ）

2. "爆竹声中一岁除"这句诗中"除"的意思是逝去。　　　　　　（   ）

（三）选择

1. "千门万户曈曈日"写太阳的光辉普照千家万户，象征_____。

   A. 家家户户喜气洋洋

   B. 无限光明美好的前景

   C. 全家人都健康平安

   D. 未来不再遇到困难

2. 下面对于"总把新桃换旧符"理解正确的是_____。（可多选）

   A. 呈现出万象更新的景象

   B. 寄托对改革成功的期待

   C. 充满对新年的美好想象

   D. 蕴含没落事物会被取代的哲理

（四）简答

你的国家有没有和中国春节类似的节日？这个节日有哪些习俗？

_____

_____

（二）元夕

生查子·元夕[1]

[宋] 欧阳修

去年元夜时[2]，	qù nián yuán yè shí,
花市灯如昼[3]。	huā shì dēng rú zhòu。
月上柳梢头，	yuè shàng liǔ shāo tóu,
人约黄昏后。	rén yuē huáng hūn hòu。
今年元夜时，	jīn nián yuán yè shí,
月与灯依旧。	yuè yǔ dēng yī jiù。
不见去年人，	bú jiàn qù nián rén,
泪湿春衫袖[4]。	lèi shī chūn shān xiù。

创作背景

　　生查子，原来是唐代的一种教坊曲目，后来用作词的曲调。《生查子·元夕》是一首相思词，一般认为是欧阳修怀念他的第二任妻子杨氏夫人而创作的，通过主人公对去年今日的往事回忆，来抒写物是人非之感。

注释

1. 元夕：农历正月为元月，古人称夜晚为"宵"或"夕"，正月十五日的晚上称为元夕或者元宵，有观灯、猜灯谜、吃汤圆等习俗。
2. 元夜：元宵节的夜晚。
3. 花市：卖花、赏花的集市。灯如昼：灯火像白天一样。昼：白天。
4. 泪湿：泪水湿透。春衫：年少时穿的衣服，这里代指主人公自己。

译文

去年元宵节的夜晚，花市被灯光照得如同白天一样明亮。月亮在柳梢上升起，与心上人相约在黄昏之后见面。

今年元宵节的夜晚，月光、灯光都和去年一样。但是再也看不到去年的那个人，相思的泪水湿透了衣裳。

赏析

整首词使用对比的创作手法，今与昔、苦与乐形成了鲜明的反差。

上阙追忆去年元夕与恋人欢乐相会的往事。花市、彩灯让人难忘，明月、柳梢都是相爱的见证，"月上柳梢头"与"人约黄昏后"两句情景交融，写出了恋人在月光与树影下相依相伴的景象，营造出一种朦胧柔美的意境。

下阙描写今年元夕故地重游，思念"去年人"却见不到的痛苦。闹市、月光、灯光与去年一样，但物是人非，旧情难续，在去年甜蜜温馨与今年忧伤惆怅的对比中，写出了心中的无限伤感。

练习与思考

（一）填空

1. 这首词的词牌名是_____，"元夕"这一天的习俗有_____（写出2个）。
2. 表达"再也看不到去年的故人，相思的泪水湿透了衣裳"意思的句子是_____。

（二）判断

1. 这首词上阙描写今年元夕与恋人欢乐相会，下阙回忆去年未能见到恋人的

痛苦。 （　　）
2. "花市灯如昼"的意思是花市被灯火照得如同白天一样明亮，"春衫"的意思是春天穿的衣服。 （　　）

（三）选择

1. 整首词中今与昔、苦与乐形成了鲜明的反差，使用了_____的创作手法。

   A. 想象

   B. 对比

   C. 白描

   D. 比喻

2. 下面对于"月上柳梢头，人约黄昏后"理解不正确的是_____。

   A. 使用了情景交融的创作手法

   B. 写出了月光与树影中的恋人形象

   C. 体现了对黄昏与恋人相见的期待

   D. 营造出朦胧柔美的意境

（四）简答

说一说你对这首词中所描写的哪一个场景印象深刻，为什么？

_____

_____

二、寒食与清明

（一）寒食

寒 食[1]

[唐]韩翃

春城无处不飞花[2]，　chūn chéng wú chù bù fēi huā，
寒食东风御柳斜[3]。　hán shí dōng fēng yù liǔ xiá。
日暮汉宫传蜡烛[4]，　rì mù hàn gōng chuán là zhú，
轻烟散入五侯家[5]。　qīng yān sàn rù wǔ hóu jiā。

创作背景

汉代的时候，皇帝在寒食节赏赐贵族蜡烛，准许他们照明，以示恩宠。寒食传烛示恩延续到唐代。唐代中期以后，几任皇帝都宠幸宦官，宦官在朝廷中的权力很大。韩翃在这首诗中，就是借寒食节民间禁火而权贵大臣们却可以破例点蜡烛，来含蓄地讽刺当时宦官专权的现象。

注 释

1. 寒食：从春秋时期流传下来的一个传统节日，传说与介子推有关，在清明节前1—2天，习俗是3天禁止使用火、吃冷的食物，是比较少见的以饮食习俗来命名的节日。

2. 春城：春天的长安城。
3. 御柳：御苑的柳树，用来泛指皇城里的柳树。斜：（风把柳枝吹得）倾斜，古音读"xiá"。
4. 汉宫：代指唐朝皇宫。传蜡烛：寒食节禁止用火，但是权臣贵族却可以得到皇帝赏赐的蜡烛。
5. 五侯：汉代成帝将他的5个舅舅封侯，后用"五侯"代指得到皇帝特别恩赏的权贵。

译文

暮春的长安城到处飞舞着柳絮与落花，寒食节的时候东风吹拂着皇城里的柳树。夜色降临之后，宫里忙着传送出皇帝赏赐的蜡烛，轻烟散入了权贵的家里。

赏析

这首诗是一首讽喻诗，全诗使用白描的手法，虽然没有一个字涉及评论，但是讽喻之意却尽在其中。

前两句写白天长安城的风光，视野宏阔。首句"无处不飞花"，用双重否定的句式加强了肯定的语气，烘托出长安城浓浓的春意，其中"飞"字动态感强烈，有助于表现春风中万物的勃然生机，明写花暗写风。次句点出寒食节这一时间点，并写出垂柳随风飘动的情景，"斜"字间接地描写了春风。后两句写黄昏后的景象，描绘生动。"传"与"散"两个动词勾勒出一幅传烛图，点燃的蜡烛与弥漫的轻烟如在眼前。寒食禁火是传统习俗，但权贵大臣们却可以破例点蜡烛，诗人对这种现象的讽刺不言而喻。

练习与思考

（一）填空

1. "无处不飞花"的意思是_____，"飞"字_____强烈，明写____暗写____。
2. "寒食东风御柳斜"写出_____的情景。

（二）判断

1. 诗歌前两句写白天长安城的风光，后两句写黄昏后的景象，全诗呈现出轻

松愉快的氛围。　　　　　　　　　　　　　　　（　　）

2. 寒食节的习俗有3天禁止使用火、吃冷的食物等。（　　）

（三）选择

1. 这是一首_____，全诗使用_____的手法。

   A. 抒情诗 / 比喻

   B. 抒情诗 / 白描

   C. 讽喻诗 / 白描

   D. 讽喻诗 / 比喻

2. 下面对于"日暮汉宫传蜡烛，轻烟散入五侯家"的理解正确的是_____。（可多选）

   A. 白描手法勾勒出一幅传烛图

   B. "传"与"散"两个动词生动形象

   C. 仿佛能看见蜡烛熄灭时候飘起的轻烟

   D. 蕴含着诗人的讽刺

（四）简答

这首诗虽然没有一个字涉及评论，但是讽喻之意却尽在其中，说一说你对这个观点的看法。

_____

_____

（二）清明

清明[1]

[唐]杜牧

清明时节雨纷纷[2]，　　qīng míng shí jié yǔ fēn fēn，
路上行人欲断魂[3]。　　lù shàng xíng rén yù duàn hún。
借问酒家何处有[4]，　　jiè wèn jiǔ jiā hé chù yǒu，
牧童遥指杏花村[5]。　　mù tóng yáo zhǐ xìng huā cūn。

创作背景

据《江南通志》记载，杜牧在安徽池州做官的时候，曾经到杏花村饮酒。当时朝廷党派斗争非常激烈，他也牵涉其中，从黄州调任池州，仕途不如意，有时候借酒浇愁。这首诗应该是他在清明时节游览池州杏花村所作。

注释

1. 清明：又称踏青节、祭祖节等，既是二十四节气之一，又是中国传统节日。这一天全家人一起扫墓祭祖，同时也亲近自然、踏青游玩，因此，扫墓祭祖与踏青郊游是清明节的两大习俗。

2. 纷纷：形容多、密集。

3. 欲：将要。断魂：形容伤心悲哀，好像失去魂魄一样。

4. 借问：请问。

5. 杏花村：杏花深处的村庄。

译文

清明时节细雨纷纷飘洒，路上的行人就如同将要失去魂魄一样。请问什么地方有酒家？牧童指了指远处开满杏花的村庄。

赏析

这首诗运用优美生动的语言，描绘了一幅春日雨中问路图，展现出清明时节孤身行路人的内心情感世界。

第一句"清明时节雨纷纷"写环境和气氛，用"纷纷"形容春雨，表现了春雨若有若无、绵绵不绝的特点，同时也蕴含着出门在外的行人愁苦的情绪，情景交融。第二句"路上行人欲断魂"突出人物的心境，行人孤身在外，清明节的时候又赶上了绵绵的细雨，更加思念亲人，伤心悲愁之感尤为强烈，因此，才会"欲断魂"。后两句"借问酒家何处有，牧童遥指杏花村"，虽然没有直接描写酒家的样子和饮酒的场景，但是"遥指"两字却使读者好像隐约看到了杏花深处飘着的酒旗，含蓄贴切，耐人寻味。

练习与思考

（一）填空

1. 这首诗所描写的_____图景发生在清明节，_____与_____是这个节日的两大习俗。

2. _____两字使读者好像隐约看到了杏花深处飘着的酒旗。

（二）判断

1. 这首诗是杜牧仕途顺利，离开家乡赴任途中创作的。（   ）

2. "欲断魂"的意思是已经失去了魂魄，没有了意识。（   ）

（三）选择

1. "清明时节雨纷纷"这句诗中"纷纷"的使用效果是_____。（可多选）

　　A. 表现了春雨绵绵不绝的特点

B. 凸显了对春雨的喜爱之情

C. 用环境烘托行人愁苦的情绪

D. 将行人匆匆赶路的样子写了出来

2. 诗中"行人欲断魂"的原因是什么？_____（可多选）

　　A. 孤身在外，心中忧伤。

　　B. 听到了亲人离世的悲痛消息。

　　C. 清明节又正好下雨，更加思念亲人。

　　D. 与亲人相处得非常不愉快。

（四）简答

你的国家有没有与清明节类似的节日？这样的节日有什么习俗？

_____

_____

三、端午与七夕

（一）端午

端午即事[1]

［宋］文天祥

五月五日午，　　wǔ yuè wǔ rì wǔ,
赠我一枝艾[2]。　zèng wǒ yì zhī ài。
故人不可见[3]，　gù rén bù kě jiàn,
新知万里外[4]。　xīn zhī wàn lǐ wài。
丹心照夙昔[5]，　dān xīn zhào sù xī,
鬓发日已改[6]。　bìn fà rì yǐ gǎi。
我欲从灵均[7]，　wǒ yù cóng líng jūn,
三湘隔辽海[8]。　sān xiāng gé liáo hǎi。

> **创作背景**
>
> 《端午即事》创作于1276年。这一年文天祥出使元军被扣压，在镇江逃脱后，出现了所谓元军派丞相到扬州劝他投降的谣言；在遭到误解的情况下，为了表明自己忠心报国的心志，文天祥写下了这首诗。

注释

1. 端午：中国传统节日，时间在农历五月初五，传说为纪念屈原而设立，又称端阳节、龙舟节等，有赛龙舟、吃粽子、挂艾草、戴五色丝线、喝雄黄酒、给儿童点雄黄酒等习俗。即事：根据眼前的事物、情景作诗文或绘画。
2. 艾：艾草，古人认为艾草有驱邪的作用，端午节把艾草挂在门上，用来避邪消灾。
3. 故人：老朋友。
4. 新知：新结交的朋友。
5. 丹心：报效国家的炽热之心。夙昔：早晚，用来比喻每天。
6. 鬓发日已改：鬓发日渐变白，即变老。鬓发：耳边的头发。
7. 灵均：屈原的字，屈原是战国时期楚国的政治家，也是伟大的爱国诗人，在楚国都城被秦军攻破后，他自沉于汨罗江，以身殉国。
8. 三湘：湘江从上至下分别谓潇湘、资湘、沅湘，现在一般用来代指湖南。隔：间隔，距离。

译文

五月五日端午节这一天，有人赠送了一枝艾草给我。以前的老朋友现在没法见面，新结交的朋友又在万里之外。每天都怀着报效国家的炽热之心，鬓发的颜色也一天一天改变。我想要跟随着屈原的脚步，但是却隔着茫茫的大海。

赏析

这首诗语言平实，蕴含多层次的情感，既有对旧交与新知的怀念，又有真诚爱国之心的写照，还有坚持理想信念的决心。

前四句呼应诗题"端午"，一方面将挂艾草的民间习俗融入诗中，另一方面也透露出诗人孤独的心绪。获赠的艾草虽然为诗人带来了些许节日的气氛，但是孤身一人，与新老朋友都无法见面的处境，隐含着被谣言中伤的诗人对不被理解的愤懑与悲哀。后四句反映了诗人在众人不理解的情况下，内心深处爱国之心依旧炽热，他要像屈原那样，不管前方的道路多么艰难，依旧坚持理想。其中"丹心"作为全诗的诗眼,既是诗人一直以来为国为民赤诚之心的写照,也在向世人表明心志,为整首诗奠定了感情基调。

练习与思考

(一)填空

1. 端午节是中国传统节日,为纪念_____而设立,有_____ _____等习俗(写出2个)。
2. "丹心"的意思是_____,"夙昔"的意思是_____。

(二)判断

1. "端午即事"的意思是记录在端午节突然发生的一件事。　　　　　(　　)
2. 这首诗专门用来表达对新老朋友的怀念之情。　　　　　　　　　(　　)

(三)选择

1. _____是全诗的诗眼,是诗人_____的写照。

    A. 丹心/不被理解的悲哀心情的写照

    B. 丹心/为国为民情愫的写照

    C. 夙昔/不被理解的悲哀心情的写照

    D. 夙昔/为国为民情愫的写照

2. 《端午即事》中对于"故人不可见,新知万里外"理解正确的一项是_____。

    A. 表达了诗人对逝去故人的深切缅怀

    B. 表达了诗人对老朋友离开自己的心酸

    C. 抒发了与新老朋友都无法见面的苦闷

    D. 抒发了对新朋友不理解自己的无奈

(四)简答

请说一说诗中所说的"灵均"是谁,为什么文天祥会提到这个历史人物?

_____

_____

（二）七夕

鹊 桥 仙

[宋] 秦观

纤云弄巧[1]，	xiān yún nòng qiǎo，
飞星传恨[2]，	fēi xīng chuán hèn，
银汉迢迢暗度[3]。	yín hàn tiáo tiáo àn dù。
金风玉露一相逢[4]，	jīn fēng yù lù yì xiāng féng，
便胜却人间无数。	biàn shèng què rén jiān wú shù。
柔情似水，	róu qíng sì shuǐ，
佳期如梦[5]，	jiā qī rú mèng，
忍顾鹊桥归路[6]。	rěn gù què qiáo guī lù。
两情若是久长时，	liǎng qíng ruò shì jiǔ cháng shí，
又岂在朝朝暮暮[7]。	yòu qǐ zài zhāo zhāo mù mù。

创作背景

秦观被贬谪的途中经过长沙，遇到了一位歌女，由于需要继续南下，不得不挥泪告别。到了郴州以后，他一直忘不了那位歌女，故而创作了这首词，借牛郎织女鹊桥相会，寄托深深思念。

📖 注　释

1. 纤云：轻薄的云彩。弄巧：这里指云彩在空中不停变化。
2. 飞星：指牵牛星和织女星。恨：相思的愁苦。
3. 银汉：银河。迢迢：形容遥远的样子。暗度：悄悄渡过。度：通"渡"。
4. 金风：秋风。玉露：秋天的露水。
5. 佳期：美好的时光。
6. 忍顾：怎么忍心回头看。鹊桥：喜鹊搭成的桥。神话传说中，牛郎和织女因为被银河隔开无法相聚，每年农历七月初七，鸟神派喜鹊搭成桥，使牛郎和织女能在桥上见面。因此，七夕节从女儿节、乞巧节等逐渐演变成象征爱情的节日，在当代更是产生了"中国情人节"的文化含义。
7. 朝朝暮暮：日日夜夜，指每一天。

📖 译　文

轻薄的云彩在天空中不停变化，天上的流星传递着相思的愁苦，牛郎和织女悄悄地渡过了遥远的银河。秋风白露中的七夕相会，胜过了长相守却少真情的世间夫妻。

柔情像流水，美好的时光如梦境，鹊桥上怎么忍心回头看归去的路。两个人之间的感情如果能天长地久，又何必要每一天都相聚在一起。

📖 赏　析

这首词通过牛郎与织女七夕鹊桥相会的故事，来歌颂纯洁坚贞的爱情，明写牵牛星、织女星，暗写人间情侣，语言细腻，意境柔美。

上阕写牛郎织女浓情蜜意的相会。"纤云弄巧"以轻柔多姿的云彩构成的迷人画面来凸显织女的手艺之巧，"迢迢"二字反映出银河的辽阔和牛郎织女相距的遥远，突出了相思之苦，同时又将"金风玉露"作为这次相会的美好背景，显示了爱情的高尚与纯洁，再以"胜却人间无数"来强调短暂相会的可贵。

下阕写相会之后分别时候的难舍难分。"似水"写出了相会情意的温柔缠绵；"如梦"表现相会的美好与时间的短暂，以及马上要面临离别的复杂心情;"忍顾"语意含蓄委婉,用"怎么忍心"表达不忍离去的心情,充满了无奈、心酸与不舍;最后两句以议论的方式揭示爱情的真谛——如果相爱的两个人感情深,就能经得起长久分离的考验——成为歌颂理想爱情的千古名句。

练习与思考

(一)填空

1. "飞星"是指_____,"佳期"的意思是_____,这首词中提到的中国传统节日是_____。

2. 这首词上阕出现的意象包括_____。

(二)判断

1. "金风玉露一相逢"中以秋风和白露作为相会的美好背景,是爱情的高尚与纯洁的体现。( )

2. "忍顾"意思是"怎么忍心",直白地书写了无奈、心酸与不舍。( )

(三)选择

1. 这首词的上阕写_____,下阕写_____。

   A. 浓情蜜意的相会/难舍难分的分别

   B. 难舍难分的分别/浓情蜜意的相会

   C. 长久分别的思念/无法见面的悲伤

   D. 无法见面的悲伤/长久分别的思念

2. 下面对"迢迢"与"如梦"的理解正确的是_____。

   A. 形容清晰的样子,突出了相思之苦/表现了相会的美好与时间的短暂

   B. 形容清晰的样子,突出了相聚之乐/反映了不忍离去又必须离开的无奈

   C. 形容遥远的样子,突出了相聚之乐/反映了不忍离去又必须离开的无奈

   D. 形容遥远的样子,突出了相思之苦/表现了相会的美好与时间的短暂

(四)简答

写出这首词中以议论的方式揭示爱情的真谛的千古名句,并说一说你的理解。

_____

_____

四、中秋与重阳

（一）中秋

十五夜望月寄杜郎中[1]

[唐] 王建

中庭地白树栖鸦[2]，　　zhōng tíng dì bái shù qī yā,
冷露无声湿桂花[3]。　　lěng lù wú shēng shī guì huā。
今夜月明人尽望[4]，　　jīn yè yuè míng rén jìn wàng,
不知秋思落谁家[5]。　　bù zhī qiū sī luò shuí jiā。

创作背景

这首诗是诗人在农历八月十五中秋佳节的晚上与朋友相聚时，为寄托对远方朋友的思念之情而创作的。

注　释

1. 十五夜：指的是八月十五中秋节的夜晚。中秋节是中国传统节日，以

月之圆来象征人间的团圆，有赏月、吃月饼、看花灯、赏桂花、饮桂花酒等习俗。杜郎中：王建的朋友杜元颖。郎中：官职名，分掌各司事务，为尚书、侍郎之下的高级官员。
2. 中庭：庭院中。地白：月光照在地上的样子。栖：栖息。
3. 冷露：寒冷的露水。
4. 尽：都。
5. 秋思：秋天的情思，这里指对杜郎中的思念。落：到，在。

译 文

庭院地面一片亮白，树上栖息着鸦雀，冰冷的露水无声地打湿了桂花。今天晚上明月当空，人们都抬头仰望，不知道这秋天夜里的思念之情落在了谁家呢？

赏 析

这首诗想象丰富，意境优美，中秋望月、月明人远、思深情长，层层推进，耐人寻味。

前两句"中庭地白树栖鸦，冷露无声湿桂花"，描绘了一幅明月桂树栖鸦图，虽然没有出现"月"字，却处处暗含着"月"：庭院中"地白"是月色皎洁的体现；"桂花"则一语双关，既是庭院中的桂花，也是诗人望月时联想到的月中桂树。后两句"今夜月明人尽望，不知秋思落谁家"，由望月转向怀人，用疑问式的语气推己及人，委婉地写出了自己的思念，"落"字化虚为实，仿佛秋思与月光一起洒落人间，让这份思念变得可知可感，形象贴切。

练习与思考

（一）填空

1. 这首诗写的是_____（传统节日名称）夜晚望月怀人，这个节日有_____等习俗（写出2个）。

2. 诗的前两句描绘了一幅_____图，其中"冷露"的意思是_____。

（二）判断

1. 这首诗由中秋望月写到月明人远，层层推进。　　　　　　　（　　）

2. "中庭地白树栖鸦"中"地白"描写了地上因为落了秋霜而变成白色的样子。（　　）

（三）选择

1. 如何理解"冷露无声湿桂花"中"桂花"这个意象？_____（可多选）

   A. 托物言志，蕴含着诗人"折桂"的理想。

   B. 诗人月夜所见庭院中的桂花。

   C. 诗人望月时联想到的月中桂树。

   D. 使用了一语双关的表现手法。

2. 诗中"落"字的使用效果是_____。（可多选）

   A. 化虚为实，让月光成为秋思的载体

   B. 使不可见的思念变得可知可感

   C. 写出了秋思的轻盈缥缈

   D. 诗人多愁善感的体现

（四）简答

为什么说诗的前两句虽然没有出现"月"字，却处处暗含着"月"？

_____

_____

（二）重阳

九月九日忆山东兄弟[1]

[唐] 王维

独在异乡为异客[2]，　　dú zài yì xiāng wéi yì kè,
每逢佳节倍思亲[3]。　　měi féng jiā jié bèi sī qīn。
遥知兄弟登高处[4]，　　yáo zhī xiōng dì dēng gāo chù,
遍插茱萸少一人[5]。　　biàn chā zhū yú shǎo yì rén。

创作背景

这首诗是王维17岁时创作的。当时他为了求取功名，离开家乡，独自一人居住在长安。重阳节这一天他思念远在华山东面的家中亲人，于是创作了此诗。

注释

1. 九月九日："九"在《易经》中为阳数，农历九月初九正好是"九九"两个阳数相重，所以称为"重阳"。中国古代重阳节有登高祈福、秋游赏菊、喝菊花酒、佩戴茱萸、拜神祭祖等习俗。忆：想念。山东：

指诗人的家乡蒲州，因该地在华山的东面，所以诗中称为"山东"，意思是华山的东面。
2. 异：其他的、不同的。
3. 佳节：美好的节日。倍：更加，表程度递进。
4. 遥知：远远地想到。
5. 茱萸：一种带香味的植物，中国古人认为重阳节插戴茱萸可以避邪。

译文

一个人独自在他乡做客，每当遇到美好的节日就加倍思念远方的亲人。远远地想到兄弟们登上高处，插戴茱萸的时候少了一个人。

赏析

这首诗朴素自然，其中对亲人的思念既有直接的书写，同时也有含蓄的表现，感情浓郁。

前两句直抒胸怀，首句"独在异乡为异客"，用一个"独"字、两个"异"字，凸显了诗人身处异乡的强烈孤独感。次句"每逢佳节倍思亲"，"每"与"倍"搭配使用，写出了佳节来临时思念加深，格外怀念家中亲人的心情，高度概括了游子"佳节"中的真切感受，特别容易引起共鸣。后两句"遥知兄弟登高处，遍插茱萸少一人"，通过想象对具体情景进行了虚拟描写，由自己想念亲人，进而用同理之心转向体恤亲人——因为自己缺席，使兄弟们佳节未能完全团聚——将思亲之情表达得委婉含蓄。

练习与思考

（一）填空

1. 农历九月初九是中国的传统节日_____，习俗有_____等（写出2个）。
2. 本诗直接抒发思念亲人情感的诗句是_____。

（二）判断

1. 全诗直接书写与含蓄表达结合，表达了身处他乡的诗人对亲人的惦念之情。（　　）
2. 题目中的"山东"的意思是华山的东面。（　　）

(三)选择

1. 诗歌首句"独在异乡为异客"中用了两个"异"字,更加突出了_____。

    A. 诗人对目前遭遇的愤愤不平

    B. 诗人身处异乡的强烈孤独感

    C. 诗人对政治环境的彻底失望

    D. 诗人受到排挤后的郁闷心情

2. 下面对于"遥知兄弟登高处,遍插茱萸少一人"理解不正确的是_____。
（可多选）

    A. 描写了诗人登高插茱萸的情景

    B. 描写了想象中的场景

    C. 将思亲之情表达得委婉含蓄

    D. 采用了虚实结合的创作手法

(四)简答

说一说什么情况下你会使用"独在异乡为异客,每逢佳节倍思亲"来表达自己的心情。

_____

_____

古诗词诵读技巧（二）

声　　调

在汉语中，声调是指汉语音节中所固有的，可以区别意义的声音高低。古诗词要诵读出跌宕起伏、抑扬顿挫的诗韵，读准声调尤为重要；要读准声调，最重要的就是要读准调值。

调值是什么？调值是声调的实际读法，即高低升降的形式。调值记录了"音高"跟"音长"的变化情形。"音高"是声音在音阶上的高低程度，"音长"是指某一个音形成的时候所保持的时间。

调值通常采用如下图所示的五度标记法：

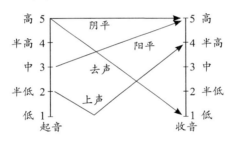

五度标记法

声调从低到高划分为5个度，1至5度依次表示音高中的低、半低、中、半高、高。例如：

一声55调值为阴平，例：妈 mā，保持较高的音高，没有明显的升降变化；

二声35调值为阳平，例：麻 má，由低到高向上升；

三声214调值为上声，例：马 mǎ，先降再升；

四声51调值为去声，例：骂 mà，高处降到最低音。

古诗词诵读语速较慢，容易把调值拉满，例如：

江南好，风景旧曾谙。（"好"字调值拉满）

飞流直下三千尺，疑是银河落九天。（"尺"字调值拉满）

平时说话，或读一些语速较快的文章，在语流中，由于相连音节的相互影响，有些音节的基本调值发生了变化，这种变化叫"变调"。古诗词诵读时，也有变调，但是因为古诗词诵读语速较慢，大部分调值都可以完整呈现，韵尾可以适度拖腔来表现诗的韵味，需要完整地读出调值。如果调值不完整，就会像唱歌跑调一样，瑕疵就会比较明显，特别影响语音面貌，从而影响诵读整体效果的呈现。

我们可以使用夸张四声来练习调值。夸张四声在练习时的时候，注意语速放慢，打开口腔，将字音读得饱满完整，调值拉满。例如词语"中国伟大"，"中"字是阴平，音势平而柔；"国"字是阳平，音势往上升；"伟"字是上声，音势厉而强；"大"字是去声，音势轻而远。

【练习文本】

清　明

[唐] 杜牧

清明时节雨纷纷，路上行人欲断魂。
借问酒家何处有，牧童遥指杏花村。

【练习提示】

注意语速放慢，打开口腔，将字音读得饱满完整，调值拉满。阴平，55调值，音势平而柔；阳平，35调值，音势往上升；上声，214调值，音势厉而强；去声51调值，音势轻而远。重点字音解析：

（1）"明"，35调值。韵母从i开始，然后舌尖离开下齿背，舌头后移，抵住软腭。注意舌位不要降低，不要发成ieng。

（2）"时"，35调值，由低到高，音高上去。注意直接上去，别拐调。shi是翘舌音，读的时候舌头要往上翘，不要向后卷。

（3）"雨"，214调值。构成调值的相对音高在读音上是连续的、渐变的，中间没有停顿，没有跳跃。

（4）"纷"，55调值。音高从5度上升到5度，保持平稳，没有明显的升降变化，因此，读的时候应保证音高稳定，不能忽高忽低。

（5）"问"，51调值。音高从最高到最低，因此，需要注意音高的变化，调不要拐弯，不要读成轻声。

（6）"花"，55调值。u撅嘴过到下一个音，a口腔打开，对着镜子，可以看到喉咙。

第四章 花草树木

一、繁花的多彩与隐喻

(一) 桃与菊

桃 夭
[周] 佚名

桃之夭夭[1]，灼灼其华[2]。　　táo zhī yāo yāo, zhuó zhuó qí huá。
之子于归[3]，宜其室家[4]。　　zhī zǐ yú guī, yí qí shì jiā。
桃之夭夭，有蕡其实[5]。　　　táo zhī yāo yāo, yǒu fén qí shí。
之子于归，宜其家室。　　　　zhī zǐ yú guī, yí qí jiā shì。
桃之夭夭，其叶蓁蓁[6]。　　　táo zhī yāo yāo, qí yè zhēn zhēn。
之子于归，宜其家人。　　　　zhī zǐ yú guī, yí qí jiā rén。

创作背景

《桃夭》是中国古代第一部诗歌总集《诗经》中的一首诗,出自《国风·周南》,是在婚礼上演唱的庆贺女子出嫁、祝福新婚幸福美满的喜歌。

注 释

1. 夭夭:花朵美丽繁华的样子。在中国文化中,桃花寓意美好的爱情、生活的幸福,象征对美好生活的希望,也用来形容女子面容姣好。
2. 灼灼:花朵鲜艳如火的样子。
3. 之子:这位姑娘。于归:出嫁。
4. 宜:和顺、亲善。
5. 蕡:果实又大又多的样子。
6. 蓁蓁:草木茂密的样子,这里指桃叶茂密、桃树成荫。

译 文

桃花盛开千万朵,色彩鲜艳红如火。这位姑娘出嫁,喜气洋洋去往夫家。
桃花盛开千万朵,果实累累大又多。这位姑娘出嫁,早生贵子后嗣兴旺。
桃花盛开千万朵,桃叶茂密树成荫。这位姑娘出嫁,家庭和睦无限美好。

赏 析

全诗三章都以"桃之夭夭"起兴,采用重章叠唱的形式,巧妙地将桃花的外在美和女子宜室宜家的内在美结合起来,章节内容层层递进,含义丰富,通过描写桃树的花、果、叶,表达希望女子出嫁后生活美满幸福的祝愿。

第一章"桃之夭夭,灼灼其华",以鲜艳的桃花比喻年轻美丽的新娘,鲜嫩的桃花纷纷绽放,打扮得漂漂亮亮的新娘面若桃花,在写景写人的同时,又烘托出婚礼上人人欢颜的喜庆热闹场面。第二章"桃之夭夭,有蕡其实",从桃花盛开写到桃树枝头硕果累累,祝愿新娘早生贵子,象征新娘婚后生活幸福,使婚礼气氛更加轻松愉悦。第三章"桃之夭夭,其叶蓁蓁",以桃叶茂密绿树成荫,祝福新娘家庭和睦,生机勃勃,美好无限。

练习与思考

（一）填空

1. 在中国文化中，桃花寓意_____（写出2种）。
2. 这首诗以_____起兴，采用了_____的形式，将桃花的外在美和女子_____的内在美结合。

（二）判断

1. "桃之夭夭，灼灼其华"将桃花与年轻美丽的新娘相联系，使用的是拟人的创作手法。（   ）
2. "桃之夭夭，有蕡其实"从桃花盛开写到桃树枝头硕果累累，描写的是家中孩子出生的喜庆。（   ）

（三）选择

1. 《桃夭》出自中国古代文学经典_____。
   A.《楚辞》
   B.《诗经》
   C.《汉乐府》
   D.《唐诗三百首》
2. 诗中"夭夭"的意思是_____，"灼灼"的意思是_____，"蓁蓁"的意思是_____。
   A. 花朵美丽繁华的样子 / 花朵鲜艳如火的样子 / 草木茂密的样子
   B. 花朵美丽繁华的样子 / 草木茂密的样子 / 花朵鲜艳如火的样子
   C. 花朵鲜艳如火的样子 / 花朵美丽繁华的样子 / 草木茂密的样子
   D. 花朵鲜艳如火的样子 / 草木茂密的样子 / 花朵美丽繁华的样子

（四）简答

在你的国家，桃花的象征意义和中国一样吗？如果你的国家有关于桃花的诗，请用中文翻译一句最有名的，并写下来。

_____
_____

（二）梅与荷

饮酒二十首（其五）

［晋］陶渊明

结庐在人境[1]，　　jié lú zài rén jìng,
而无车马喧[2]。　　ér wú chē mǎ xuān。
问君何能尔[3]？　　wèn jūn hé néng ěr？
心远地自偏[4]。　　xīn yuǎn dì zì piān。
采菊东篱下[5]，　　cǎi jú dōng lí xià,
悠然见南山[6]。　　yōu rán jiàn nán shān。
山气日夕佳[7]，　　shān qì rì xī jiā,
飞鸟相与还[8]。　　fēi niǎo xiāng yǔ huán。
此中有真意[9]，　　cǐ zhōng yǒu zhēn yì,
欲辨已忘言[10]。　　yù biàn yǐ wàng yán。

创作背景

　　405年，陶渊明辞官回到田园，《饮酒二十首》大约作于诗人回归田园之后的第12年。陶渊明是中国文学史上第一个大量写饮酒诗的诗人。

注释

1. 结庐：建造房屋。
2. 车马喧：指世俗交往的喧扰。喧：喧扰。
3. 君：指诗人自己。何：为什么。尔：这样。
4. 偏：僻静。
5. 采菊：采摘菊花。菊花很早就出现在中国古诗词中，例如屈原《离骚》中"朝饮木兰之坠露兮，夕餐秋菊之落英"，奠定了菊花高洁的形象，陶渊明将菊花与高洁品格更进一步结合，赋予了菊花隐逸的品格，使菊花逐渐成了隐逸者的象征，被称为"花中隐士"。
6. 悠然：悠闲自得的样子。
7. 山气：山中的气息。佳：美好。
8. 相与还：结伴而归。
9. 此中：此时此地的情和境。真意：人生真正的意义与乐趣。
10. 辨：辨识。

译文

将房屋建造在人来人往的地方，却不会受到世俗交往的喧扰。问我为什么能这样？只要心远离世俗，自然就会觉得所居住的地方僻静。在东篱之下采摘菊花，悠闲中不经意看见了南山。山中的气息与傍晚的景色都很美好，飞鸟结着伴儿归来。这里面蕴含着人生的真正意义，想要辨识却不知道怎样表达。

赏析

这首诗写的是诗人辞官归隐之后悠然自得的心态，表现了对田园生活的热爱和高洁人格。

前四句"结庐在人境，而无车马喧。问君何能尔？心远地自偏"，写诗人在精神上摆脱了世俗环境干扰后所产生的感受，其中"车马"既是真实的事物，又象征着整个官僚社会，所谓"心远"就是对争名夺利毫不关心的态度。后六句中，"采菊东篱下，悠然见南山"，"采菊"暗含诗人超脱尘世的高洁，"见"字生动地表现出无意之间山入眼中的情景，"悠然"将悠闲自得的心情赋予了山，物我合一，王国维在《人间词话》中认为这两句诗写出了"无我之境"。"山气日夕佳，飞鸟相与还"描写自然的景象，表现出内心的平静，寄托了与山林为伴的心情。"此中有真意，欲辨已忘言"，"此"指的是闲适的田园生活，说明这样的生活才是真正的人生乐趣，而这种乐趣只能意会，不可言传，因此，末尾用"忘言"来表达。

练习与思考

（一）填空

1. 这首诗中的"车马喧"的意思是_____，"采菊"暗含诗人_____的高洁。

2. 诗作中出现的意象包括菊花、_____，其中菊花被称为____。

（二）判断

1. 这首诗书写的是诗人被贬官之后的惆怅与失落。（　　）

2. "此中有真意，欲辨已忘言"，"此"指的是隐居的田园生活，"忘言"的意思是忘记了说话。（　　）

（三）选择

1. 王国维在《人间词话》中评价_____为"无我之境"。

　　A. 结庐在人境，而无车马喧

　　B. 采菊东篱下，悠然见南山

　　C. 山气日夕佳，飞鸟相与还

　　D. 此中有真意，欲辨已忘言

2. 诗人用"心远地自偏"_____。（可多选）

　　A. 反映对隐居生活的向往

　　B. 强调居所位置的偏远

　　C. 凸显内心宁静淡泊的重要

　　D. 表现对争名夺利毫不关心的态度

（四）简答

请说一说你对这首诗中出现的"菊花"意象的理解。

_____

_____

卜算子·咏梅[1]

[宋] 陆游

驿外断桥边[2]，　　yì wài duàn qiáo biān,
寂寞开无主[3]。　　jì mó kāi wú zhǔ。
已是黄昏独自愁，　yǐ shì huáng hūn dú zì chóu,
更著风和雨[4]。　　gèng zhuó fēng hé yǔ。

无意苦争春[5]，　　wú yì kǔ zhēng chūn,
一任群芳妒[6]。　　yí rèn qún fāng dù。
零落成泥碾作尘[7]，líng luò chéng ní niǎn zuò chén,
只有香如故[8]。　　zhǐ yǒu xiāng rú gù。

创作背景

　　陆游出生于北宋末年，年少时生活动荡不定，后来仕途也不顺利，两次被罢官。他将自己的志向寄托在梅花中，创作了许多咏梅诗词，这首就是其中的代表。

注释

　　1. 咏梅：赞颂梅花。梅花在严寒中开放，因此，在中国传统文化中，梅花象征着高洁、坚强、谦虚的品格,给人以立志奋发的激励。
2. 驿:驿馆,旅店。断桥:残破的桥。
3. 无主:无人照管和玩赏。
4. 更:又,再。著:同"着",遭受。
5. 无意:不想,没有心思。苦:尽力,竭力。争春:与百花争艳,这里指争权。
6. 一任:完全听凭。群芳:百花、群花,这里借指苟且偷安的主和派。
7. 零落:凋零落下。碾:压碎。
8. 香如故:清香依旧存在。

译 文

驿馆之外的断桥边,梅花孤单寂寞地开了,无人过问。已经日落黄昏,梅花独自忧伤愁苦,又遭受了风雨的吹打。

梅花不想费心思尽力与百花争艳,完全听凭百花的妒忌。梅花凋零之后,被压碎成了泥土,又化作尘埃,但是清香依旧存在。

赏 析

这首咏梅词以物喻人,在野外梅花的遭遇中融入人生境遇,赞美梅花的同时表现自我品格,物与我融为一体。

上阕描写梅花的艰难处境。梅花开放的地方偏远,不仅在驿站外还紧邻着残破的桥;"独自愁"以拟人的手法写出了梅花的精神状态,凸显了寂寞与冷清,"风和雨"表面写梅花所受到的外部环境折磨,实际上象征着词人在政治上受到打击和排挤。

下阕表现梅花的高洁品格。以拟人的手法写梅花无意炫耀自己的美,却还是被百花嫉妒,暗指词人的遭遇也与此类似;"碾"字充分体现出摧残者的无情与冷酷,"香如故"则表明词人在艰难的处境中不屈服的坚强决心,这也是词人品格的体现。

练习与思考

(一)填空

1. 这首词赞颂的是梅花,它在中国传统文化中象征着_____

的品格。
2. 词作以＿＿＿喻＿＿＿，上阕写＿＿＿＿＿＿＿，下阕写＿＿＿＿＿。

（二）判断
1. 梅花在艰难的环境中成长开花，词人见到此情景是非常喜悦的。（　　）
2. "零落成泥碾作尘"表达了词人对梅花悲惨命运的深深同情。（　　）

（二）选择
1. "独自愁"以＿＿＿＿的手法写出了梅花的精神状态，凸显了＿＿＿＿。
   A. 夸张/寂寞与冷清
   B. 夸张/无聊与忧伤
   C. 拟人/寂寞与冷清
   D. 拟人/无聊与忧伤
2. 下面对于"更著风和雨"理解不正确的是＿＿＿＿。
   A. 写出了梅花所受到外部环境折磨
   B. 用"风和雨"来象征词人受到打击和排挤
   C. 词句意思是：（梅花）又遭受了风雨的吹打
   D. 将词人的无奈与委屈表现得非常充分

（四）简答
请说一说陆游在这首词中通过梅花寄托了怎样的思想感情。
_____
_____

晓出净慈寺送林子方（其二）

［宋］杨万里

毕竟西湖六月中[1]，　　bì jìng xī hú liù yuè zhōng，
风光不与四时同[2]。　　fēng guāng bù yǔ sì shí tóng。
接天莲叶无穷碧[3]，　　jiē tiān lián yè wú qióng bì，
映日荷花别样红[4]。　　yìng rì hé huā bié yàng hóng。

创作背景

林子方是杨万里的好朋友，两人志向相合。1187年，林子方到福州任职，杨万里清晨在净慈寺送别林子方，经过西湖时写下了这首诗。

注释

1. 毕竟：到底。
2. 四时：春夏秋冬4个季节，在这里指6月以外的其他时节。
3. 接天：与天空相接。无穷碧：无边无际的碧绿。
4. 映日荷花：太阳映照下的荷花。由于荷花出淤泥而不染，有着亭亭玉立的形象，因此在中国传统文化中，荷花象征着纯洁、美好与高雅。别样红：红得特别出色。别样：特别，不一样。

译文

到底是六月的西湖，风光和其他季节不一样。与蓝天相连接的荷叶，碧绿无边无际，太阳映照下的荷花格外艳丽。

赏析

这首诗以白描手法写西湖六月莲叶青翠、荷花盛放的景色,同时也表达了对友人的眷恋之情。

前两句"毕竟西湖六月中,风光不与四时同",写六月西湖给诗人的总体感受。"毕竟"是惊喜之后内心情感的直接表达,突出了对西湖夏日独特风景的喜爱。后两句"接天莲叶无穷碧,映日荷花别样红",抓住盛夏特有的景物进行描写,随湖面延伸的翠绿莲叶与阳光映照下盛开的荷花,组合成一幅明媚的风景画,"碧"与"红"相对应,通过异色映衬,生动地呈现出西湖美景。

练习与思考

(一)填空

1. 这首诗的作者是_____,描写西湖夏日_____的美景。
2. 在中国传统文化中,荷花象征着_____。

(二)判断

1. "映日荷花"的意思是太阳映照下的荷花,因此,诗人是在正午时分送别友人。( )
2. 诗作描写了夏日西湖的风景,同时也表达对即将前往杭州的友人深深的眷恋之情。( )

(三)选择

1. "毕竟"的意思是_____,表现出作者的_____之情。
   A. 必然/失望 B. 必然/惊喜
   C. 到底/失望 D. 到底/惊喜

2. "接天莲叶无穷碧,映日荷花别样红"使用了_____的创作手法。
   A. 白描与同色烘染 B. 白描与异色映衬
   C. 比喻与同色烘染 D. 比喻与异色映衬

(四)简答

诗作的后两句诗中有画,说一说你读后会想象出什么样的画面?

二、草木的多姿与寄情

（一）草与苔

赋得古原草送别[1]

［唐］白居易

离离原上草[2]，　　lí lí yuán shàng cǎo,
一岁一枯荣[3]。　　yí suì yì kū róng。
野火烧不尽，　　　yě huǒ shāo bú jìn,
春风吹又生。　　　chūn fēng chuī yòu shēng。
远芳侵古道[4]，　　yuǎn fāng qīn gǔ dào,
晴翠接荒城[5]。　　qíng cuì jiē huāng chéng。
又送王孙去[6]，　　yòu sòng wáng sūn qù,
萋萋满别情[7]。　　qī qī mǎn bié qíng。

创作背景

《赋得古原草送别》创作于787年前后，当时白居易只有16岁。此诗是他准备参加科举考试的习作，按当时考试的规定，限定内容的诗题，题目前须加"赋得"二字。

注释

1. 赋得：得到题目赋诗，这是古人学习写诗、聚会分题作诗或者科举考试时命题作诗的常用方式。
2. 离离：青草茂盛的样子。草能够在大地上随处生长，象征着顽强旺盛的生命力；同时也代表着希望和未来，常被用来表达对美好事物的期待；此外，在文学作品中，草还常常与相思和离别的情感联系在一起。
3. 枯：枯萎。荣：茂盛。
4. 远芳：远处芬芳的野草。侵：侵占，长满。
5. 晴翠：阳光照耀下的草原翠绿。
6. 王孙：贵族，这里指诗人的朋友。
7. 萋萋：形容草木长得茂盛的样子。

译文

原野上长满茂盛的青草，年年岁岁枯萎了又再次茂盛。野火无法烧尽，春风吹来又是绿草丛生。远处芬芳的野草长满了古老的道路，阳光下的绿色原野连接着边远的城市。又一次在这里送别友人远行，茂盛的青草好像也满怀离别之情。

赏析

这首诗通过对古原上野草的描写，一方面赞扬野草顽强旺盛的生命力，另一方面抒发离别的情谊。

"离离原上草，一岁一枯荣"，前一句紧扣题目"古原草"三字，"离离"描写出春草的繁茂之态，后一句两个"一"字并列使用，凸显了原上的野草秋冬干枯，春夏茂盛，生生不息的特点。"野火烧不尽，春风吹又生"，一句写"枯"，一句写"荣"，既是"原上草"的特点，又是浴火重生的典型象征，用无情的烈火反衬出野草顽强旺盛的生命力。"远芳侵古道，晴翠接荒城"，"晴翠"写出了绿草沐浴着阳光的清丽景色，"侵"与"接"二字写出了绿意蔓延的状态。"又送王孙去，萋萋满别情"，将草拟人化，情景交融，为古原上茂盛的野草赋予了离别的深情。

练习与思考

（一）填空

1. "枯"的意思是_____，"荣"的意思是_____。

2. 用无情的烈火反衬出野草顽强旺盛的生命力的诗句是_____。

（二）判断

1. "晴翠接荒城"中"晴翠"表现出雨过天晴之后，草绿得像翡翠一样的特点。

（   ）

2. 这首诗中草象征着顽强旺盛的生命力，同时也与离别的情感联系起来。

（   ）

（三）选择

1. 下面对于"离离原上草，一岁一枯荣"理解正确的是_____。（可多选）

　　A. 与诗题中的"古原草"三字相呼应

　　B. "枯"与"野火烧"对应，"荣"与"吹又生"对应

　　C. "离离"是叠字词，写出了春草的繁茂

　　D. 两个"一"字写出了"原上草"生生不息的特点

2. "又送王孙去，萋萋满别情"所运用的修辞手法是_____，创作手法是_____。

　　A. 比喻/情景交融

　　B. 拟人/情景交融

　　C. 对偶/托物言志

　　D. 夸张/托物言志

（四）简答

在你的国家，草的象征意义和中国一样吗？如果你的国家有关于草的诗，请用中文翻译一句最有名的，并写下来。

_____

_____

苔[1]

[清] 袁枚

白日不到处[2]，　　bái rì bú dào chù,
青春恰自来[3]。　　qīng chūn qià zì lái.
苔花如米小，　　　tái huā rú mǐ xiǎo,
也学牡丹开。　　　yě xué mǔ dān kāi.

创作背景

这首诗是袁枚归隐十余年后，在他的恩师尹继善得到朝廷嘉赏之后创作的，表达了他想要向恩师学习，未来要有所成就的人生志趣。

注释

1. 苔：苔藓，植物名。苔藓生长在阴暗潮湿的地方，不像其他植物那样拥有鲜艳夺目的花朵，但是它却能在不宜植物生存之处绿意盎然，象征着顽强的生命力。
2. 白日：太阳。
3. 青春：草木生长旺盛的样子，这里指的是苔藓富有生机的绿色。

译文

阳光照不到的背阴处，苔藓仍旧长出绿意来。苔花虽然如米粒般微小，却依旧像牡丹一样自信地绽放。

赏析

这首诗托物言志，赞美生命力顽强的苔藓，表达出诗人奋发自强的人生志向。

前两句"白日不到处，青春恰自来"写苔凭着坚强的活力，突破环境的阻碍，努力生长，"青春"两个字描写了苔藓生机勃勃的绿意，说明它凭着自己的努力，焕发出了光彩。后两句"苔花如米小，也学牡丹开"将苔花和牡丹比较，表明苔不屈服于环境，依旧绽放花朵。"学"字以拟人化的手法生动地描绘出苔花努力绽放的样子，平淡而意味深长。在诗人眼中，苔藓所处的环境恶劣，但是它不仅坚强生长而且还开出花朵，这种自信自强的精神非常可贵。

练习与思考

（一）填空

1. 《苔》通过赞美苔藓＿＿＿＿＿＿，表达了诗人＿＿＿＿＿＿的人生志向。

2. "青春"是＿＿＿＿＿＿的样子，指的是苔藓＿＿＿＿＿＿。

（二）判断

1. 这首诗中苔藓被描绘为生长在阳光充足、土壤肥沃的地方。（　　）

2. "苔花如米小，也学牡丹开"的意思是苔花像米粒那样小，所以只能悄悄地在牡丹旁边开放。（　　）

（三）选择

1. 《苔》的作者是清代诗人袁枚，该诗使用了＿＿＿＿的创作手法。
   A. 侧面烘托　　B. 借景抒情　　C. 寓情于景　　D. 托物言志

2. 诗中将苔花和牡丹比较的时候，运用了＿＿＿＿的修辞手法，其中＿＿＿＿字生动地描绘出苔花努力绽放的样子。
   A. 比喻/学　　B. 比喻/如　　C. 拟人/学　　C. 拟人/如

（四）简答

联系自己的实际情况，说一说你学习了《苔》这首诗之后的体会。

＿＿＿＿＿＿＿＿＿＿＿＿＿＿＿＿＿＿＿＿＿＿＿＿＿＿＿＿＿＿

＿＿＿＿＿＿＿＿＿＿＿＿＿＿＿＿＿＿＿＿＿＿＿＿＿＿＿＿＿＿

（二）竹与松

竹 里 馆

［唐］王维

独坐幽篁里[1]，　　dú zuò yōu huáng lǐ,
弹琴复长啸[2]。　　tán qín fù cháng xiào。
深林人不知，　　　shēn lín rén bù zhī,
明月来相照[3]。　　míng yuè lái xiāng zhào。

创作背景

这首诗是王维作于晚年隐居辋川时期。他早年信奉佛教，思想超脱，加上仕途坎坷，40岁以后就过着半官半隐的生活。隐居期间，他心思澄净，与竹林、明月本身所具有的清幽相似，于是创作了这首诗。

注 释

1. 幽篁：幽深的竹林。竹在中国传统文化中象征人品清逸和气节高尚的君子；用竹子四季常青、空心、挺直等特征，比喻高雅、虚心、有气节等。
2. 啸：口中发出长而清脆的声音。
3. 相照：和"独坐"对应，指的是没有人来陪伴，只有月光照射在身上。

译文

我独自闲坐在幽静的竹林里,一边弹琴一边高歌长啸。深深的竹林中无人知晓,只有一轮明月静静与我相伴。

赏析

全诗语言质朴平淡,格调悠远,将诗人宁静淡泊的心境与自然的景致融为一体。

前两句"独坐幽篁里,弹琴复长啸",用3个动词来写人物的活动,描绘出月光透过竹林洒下来,诗人月下独坐、弹琴长啸的场景,可谓"诗中有画",以弹琴长啸反衬月夜竹林的幽静;后两句"深林人不知,明月来相照",以明月的光影反衬幽深竹林的昏暗,同时运用了拟人的修辞手法,把天空中的明月当成朋友,而浓密的竹林、深沉的夜色与皎洁的月光,更进一步渲染了幽深静谧的氛围,构思巧妙独特。

练习与思考

(一)填空

1. 这首诗中出现的意象有_____,"幽篁"的意思是_____。
2. 诗作中以弹琴长啸反衬_____,以明月的光影反衬_____。

(二)判断

1. 竹在中国传统文化中象征人品清逸和气节高尚的君子。　　　(　　)
2. 这首诗是王维在长安做官期间所创作的。　　　　　　　　(　　)

(三)选择

1. 全诗将诗人_____的心境与自然的景致融为一体。
   A. 失意无助　　　B. 宁静淡泊　　　C. 惆怅忧伤　　　D. 喜悦愉快
2. "明月来相照"运用了_____的手法。
   A. 对比　　　　　B. 拟人　　　　　C. 排比　　　　　D. 象征

(四)简答

说一说"独坐幽篁里,弹琴复长啸"呈现了一幅怎样的画面。

南 轩 松[1]

[唐] 李白

南轩有孤松[2]，	nán xuān yǒu gū sōng，
柯叶自绵幂[3]。	kē yè zì mián mì。
清风无闲时，	qīng fēng wú xián shí，
潇洒终日夕[4]。	xiāo sǎ zhōng rì xī。
阴生古苔绿[5]，	yīn shēng gǔ tái lǜ，
色染秋烟碧[6]。	sè rǎn qiū yān bì。
何当凌云霄[7]，	hé dāng líng yún xiāo，
直上数千尺。	zhí shàng shù qiān chǐ。

创作背景

724年，李白决意"仗剑去国，辞亲远游"。3年间李白遍游长江中下游一带之后来到安州（今湖北安陆），《南轩松》就作于727年。唐代范传正的《唐左拾遗翰林学士李公新墓碑并序》评价李白"常欲一鸣惊人，一飞冲天"，这首诗就表现了李白的这种理想。

注 释

1. 南轩：窗户的南面。轩：窗户。
2. 孤松：孤傲的松树。松树不怕严寒、四季常青，象征着坚韧顽强、挺直高洁的品质，与松、竹、梅并称为"岁寒三友"；此外，松树也象征长寿和健康，"寿比南山不老松"用于给老人祝寿。
3. 柯叶：枝叶。绵幂：茂密的样子。
4. 潇洒：这里用来形容松树的枝叶在风中摆动的样子。
5. 阴生：在阴凉处生长出来。
6. 秋烟：秋天的云雾。

7. 何当：何时。凌：到达。

译文

窗户的南面有一棵孤傲的松树，枝叶茂密。清风时时摇着它的枝条，潇洒终日是多么舒适。树荫下很早以前就长满青苔，秋日的云雾也被它染绿。何时才能枝叶参天长到云层外面，直上千尺高高挺立。

赏析

这首诗塑造了苍劲挺拔的松树形象，表现出诗人崇高的理想和远大的抱负。

前四句描绘出一幅松树姿态挺拔、枝叶稠密的景致。"孤"字突出了它的古朴高洁，而清风吹劲松，更表现出松树的苍劲，为下文"孤松"向往"直上数千尺"的凌云之势进行了铺垫。五、六句对松树生长的环境进行描写。"古苔"足见这棵松树的年岁之长，而"色染秋烟碧"一句中，"染"字烘托出松树高大苍翠，使整个画面浓密翠绿，更为迷人。最后两句托物言志，"凌云霄""数千尺"以夸张的手法表达期待与盼望，体现了诗人不满足于"孤松"的潇洒自得，向往着凌云直上的心情。

练习与思考

（一）填空

1. 松树不怕严寒、四季常青，和_____、_____并称"岁寒三友"，这首诗塑造了_____的松树形象。

2. "绵幂"的意思是_____，"潇洒"形容松树的枝叶_____的样子。

（二）判断

1. "轩"指窗户，诗题"南轩松"表明诗中主要描写的是窗户南面的一棵松树。　　　　　　　　　　　　　　　　　　　　　　（　　）

2. "秋烟"指的是秋天做饭的时候升起的烟雾。　　　（　　）

（三）选择

1. "何当凌云霄，直上数千尺"使用的手法是_____。（可多选）

　　A. 夸张　　　　B. 托物言志　　　C. 排比　　　　D. 拟人

86

2. _____突出了松树的年岁之长与高大苍翠。

    A. 南轩有孤松，柯叶自绵幂

    B. 清风无闲时，潇洒终日夕

    C. 阴生古苔绿，色染秋烟碧

    D. 何当凌云霄，直上数千尺

（四）简答

用4个形容词写一个句子，说一说这首诗中所描绘的松树形象给你留下的印象。

停顿与重音

一、停顿

停顿是指诵读时段与段、句与句、词语与词语之间出现的语气或声音的间歇，一般分为结构停顿和强调停顿。

（一）结构停顿

结构停顿，是按照篇章和句子的语言结构关系来确定的停顿。汉语常见的句子结构为"主语+谓语动词+宾语"，因此，结构停顿主要分为：主语和谓语间的停顿；谓语与宾语、补语间的停顿；并列短语间的停顿。

诵读的时候如何处理古诗词的停顿呢？其一，有标点的地方，就按标点表示的间歇处理；其二，主语和动词后面都需要停顿。至于停顿时间的长短，一般而言，顿号短，逗号稍长，分号、冒号又稍长，句号、问号、叹号、破折号、省略号再稍长些。

（二）强调停顿

强调停顿，是为了强调某一事物，突出某种语意或情感，或为了加强语气，而在非结构停顿之处进行适当停顿，或者在结构停顿基础上改变停顿的时长。强调停顿往往比结构停顿的时间要长些；强调停顿的位置可以根据表达情感和意图的需要，灵活选择。

强调停顿一般分为前停、后停、前后都停3种。前停，是在被强调的字词或结构前面停顿，可以起到引起注意和带来期待的作用，增强诵读感染力；后停，是在被强调的字词或结构后面停顿，能让听众的思绪在此流连、回味；前后都停，强调"两停"之间的内容，主要突出中间部分，让人印象深刻或强烈震撼。

为了在诵读的时候做到恰如其分的停顿，诵读前最好先划分音节，找准停顿的地方，避免读破句。古诗可以按音节划分，也可以按语意划分，而词是按照意义划分，也要兼顾音节来划分。由于古诗的结构规则对称和谐，诵读的停顿一般按照如下规律：

（1）四言诗，一般停顿节奏是"二二"格式，例如：桃之/夭夭，灼灼/

其华。

（2）五言诗，常见的停顿节奏是"二三"格式，例如：白日/依山尽，黄河/入海流，或者"二一二"格式，例如：造化/钟/神秀，阴阳/割/昏晓。

（3）七言诗，常见的停顿节奏是"二二三"格式，例如：远上/寒山/石径斜，白云/生处/有人家；或者"二二二一"格式，例如：忽如/一夜/春风/来，千树/万树/梨花/开。

在诵读的过程中，还应该根据结构停顿或者强调停顿的需要，进行一定的变化；停顿的地方，读的时候应该"声停情不断，声断意还连"。同时，也不能生搬硬套，要结合具体的语境理解句意，灵活处理，这样才能更完整清晰地体现诗的含义，诵读起来也不会过于死板。例如，如果诗句的最后三个字是一个不可分割的概念时，需要连贯诵读，不能破坏语义。

二、重音

重音是指语句中读得重的字词或结构成分，和停顿一样，重音一般分为语法重音和强调重音。

语法重音是根据句子的语法结构确定的重音，例如，谓语、定语、状语、补语等常常重读。强调重音，是为了有意突出某种特殊的表达需要或思想感情而确定的重音，能使语意更加鲜明、生动，有感染力。强调重音没有固定的位置与规律，一般由诵读者在深入理解作品思想内容的基础上，根据具体的语境和表情达意的需要来确定。

古诗词诵读的时候，词句的意思和情感的表达依靠情感语气来实现，其中语音轻重是关键。找出恰当的重音，诵读的时候正确表达体现出来，能增强语言的节奏感和表现力，突出作品的主题。因此，更需要根据诗歌的表达重点，确定少而精的词语加以重音处理。那么，重音是否一定要重读呢？实际上，诵读的时候，重音有几种表达方式，包括：扩音重读，加大音量；拖腔重读，延长音程；低声弱气，重音轻读；等等。同时还要注意快中显慢与前后顿歇。

【练习文本】

晓出净慈寺送林子方

［宋］杨万里

毕竟西湖六月中,风光不与四时同。
接天莲叶无穷碧,映日荷花别样红。

【练习提示】

1. 这首诗描写西湖六月莲叶青翠、荷花盛放的景色,赞美了西湖的美景,同时也表达了对友人的眷恋之情。诵读前,要发挥想象力,想象诗人描写的画面,感受诗歌意境,酝酿情绪而后有感而发,饱含情感诵读出来。
2. 在诵读前,根据诗句的意思以及每行字数划分停顿结构。这是一首七言绝句,"七言诗"停顿结构一般为二二三,因此,可以划分为:
毕竟/西湖/六月中,风光/不与/四时同。
接天/莲叶/无穷碧,映日/荷花/别样红。
3. 再根据语义对停顿的长短进行调整,"-"表示短停,"--"表示长停。
毕竟-西湖--六月中,风光-不与--四时同。
接天-莲叶--无穷碧,映日-荷花--别样--红。
4. 诗歌诵读介于读和唱之间,为了体现音韵美,诵读时不能太短促,有的字音要适当拖长,形成跌宕起伏、优美婉转的效果。例如,"别样"后的停顿,将语速放慢,句尾适当延长,令人回味。
5. 全诗押ong韵,韵脚为"中""同""红",诵读时不能把所有韵脚都读重音,否则会比较枯燥乏味,没有层次。应根据诗意的表现需要,把"同、红"重读,而"中"的诵读力度可以适当轻。"别样"是特别的意思,用于强调荷花的颜色,为强调重音,需要重读。

第五章　四季时序

一、春与夏

（一）春

春　晓[1]

［唐］孟浩然

春眠不觉晓[2]，　　chūn mián bù jué xiǎo,
处处闻啼鸟[3]。　　chù chù wén tí niǎo。
夜来风雨声，　　　ye lái fēng yǔ shēng,
花落知多少[4]。　　huā luò zhī duō shǎo。

创作背景

孟浩然早年曾隐居鹿门山，后入长安谋求官职，没有考中进士，又回到故乡。这首诗是他早年间隐居湖北襄阳鹿门山时所作。

注释

1. 晓：天刚亮的时候。
2. 不觉：不知不觉。
3. 闻：听见。啼鸟：鸟儿鸣叫。
4. 知多少：不知道有多少。

译文

春日里睡眠香甜，不知不觉天就亮了，到处都可以听见鸟儿的鸣叫。回想起昨天夜里的风雨声，真不知道有多少美丽的花朵被雨打风吹落下来。

赏析

这首诗语言浅显但是韵味悠长，诗人抓住春天清晨醒来的短短时间，从听觉角度来写春天，通过鸟啼声与风雨声展开对窗外春景的想象。

首句"春眠不觉晓"，"春"字点明季节，"不觉"写春眠的香甜，反映出诗人爱春的喜悦心情。次句"处处闻啼鸟"，以春天早晨的鸟语写春景，通过听见的阵阵"春声"把读者引出屋外，让人想象屋外春天的生机勃勃。第三句"夜来风雨声"，从眼前转为对昨夜的回忆，淅淅沥沥的春雨声音仿佛还在耳边。末句"花落知多少"，又回到眼前，联想到花朵被风吹雨打，落满地上的景象，由喜爱春景转变为惋惜春花，感情产生了微妙的变化。

练习与思考

（一）填空

1. 这首诗从_____的角度去写春天，其中写到的两种声音是_____、_____。

2. "不觉"的意思是_____，"闻"的意思是_____。

（二）判断

1.《春晓》是孟浩然早年间隐居鹿门山时所创作的。　　　（　　）

2. "花落知多少"这句诗描写了诗人出门后看到的雨后落花情景。（　　）

（三）选择

1. 以"春声"将读者从屋内引向屋外的诗句是_____。

　　A. 春眠不觉晓　　B. 处处闻啼鸟　　C. 夜来风雨声　　D. 花落知多少

2. "夜来风雨声"一句主要描绘了诗人_____的感官体验。

　　A. 视觉　　　　B. 听觉　　　　C. 嗅觉　　　　D. 触觉

（四）简答

说一说这首诗的前两句与后两句作者的情感所发生的转变。

咏　柳

［唐］贺知章

碧玉妆成一树高[1]，　　bì yù zhuāng chéng yí shù gāo,
万条垂下绿丝绦[2]。　　wàn tiáo chuí xià lǜ sī tāo。
不知细叶谁裁出[3]，　　bù zhī xì yè shuí cái chū,
二月春风似剪刀[4]。　　èr yuè chūn fēng sì jiǎn dāo。

创作背景

744年，贺知章回到家乡，有一天他坐船去南门外潘水河边的旧宅，见到了一株高大的柳树，当时正是二月早春，柳芽初发，春意盎然，微风拂面，美好的景色促使他提笔写下了《咏柳》。

注　释

1. 碧玉：碧绿色的玉，这里用来形容春天嫩绿的柳叶。妆：打扮。
2. 丝绦：丝带。
3. 裁：裁剪。
4. 似：好像。

译　文

（长满了翠绿新叶的）高高柳树就像用碧玉打扮一样，垂下的柳枝如同千万条绿色的丝带。不知道细细的柳叶是谁裁剪出来的，二月的春风好像灵巧的剪刀。

赏析

这首诗借柳树歌咏春风，洋溢着早春时节的喜悦之情。

第一句"碧玉妆成一树高"总写诗人对柳树姿态优美的印象，"碧玉"有两层含义，一是形容柳树长满绿色的柳叶，二是将柳树拟人化为身着嫩绿衣裳的动人女子。第二句"万条垂下绿丝绦"进一步写柳枝之美，以绿色丝带来比喻柳枝，"垂"字形象地描绘出春风中柳枝的形态。后两句"不知细叶谁裁出，二月春风似剪刀"一问一答，把比喻和设问结合起来，用拟人手法刻画了春天的美好和大自然之力的精巧。

练习与思考

（一）填空

1. 这首诗借_____歌咏春风，写出了大自然之力的_____。
2. "万条垂下绿丝绦"中"垂"字形象地描绘出_____的形态。

（二）判断

1. 这首诗写早春时节的柳树与春风，洋溢着喜悦之情。（   ）
2. "碧玉妆成一树高"中用"碧玉"来形容绿色的柳叶，同时将柳树化身为穿着绿衣的女子。（   ）

（三）选择

1. "万条垂下绿丝绦"中的"绿丝绦"的意思是_____，这句诗写的是_____。

   A. 绿色的丝带/柳叶之美　　　　B. 绿色的丝带/柳枝之美
   C. 绿色的波纹/柳叶之美　　　　D. 绿色的波纹/柳枝之美

2. 下面对于"不知细叶谁裁出，二月春风似剪刀"理解不正确的是_____。

   A. 综合了比喻、拟人的修辞手法
   B. 使用了一问一答的设问方式
   C. 将剪刀比作了二月春风
   D. 赞美了春风带来的美好春天

（四）简答

选择这首诗中适当的诗句来形容一下早春时节的春风。

_____

绝句二首(其一)

[唐]杜甫

迟日江山丽[1],　　chí rì jiāng shān lì,
春风花草香。　　chūn fēng huā cǎo xiāng。
泥融飞燕子[2],　　ní róng fēi yàn zǐ,
沙暖睡鸳鸯。　　shā nuǎn shuì yuān yāng。

创作背景

《绝句二首》(其一)是杜甫定居在成都浣花溪时期的作品,大约创作于764年的暮春,当时安史之乱已经结束,杜甫看到眼前的美景是愉悦的,而且带着一种期望回归故乡的心情。

注释

1. 迟日:春日,因为春天白日渐长,所以说迟日。丽:秀丽。
2. 泥融:这里指泥土湿润。

译文

春日阳光下的江山特别秀丽,春风送来了花草的芳香。泥土(随着春天的到来)变得湿润,燕子飞来飞去,暖和的沙子上睡着成双成对的鸳鸯。

赏析

这首诗前两句宏观描写,后两句工笔刻画,以诗为画,呈现出一幅明丽绚烂的春景图,表达出诗人对春天的喜爱之情。

首句"迟日江山丽",用"丽"字点染"江山",表现出春日阳光普照,四野青绿的秀丽景色。次句"春风花草香",把春风、花草以及淡淡的香味有机地组织在一起,通过联想可以获得一种嗅觉的体验。后两句"泥融飞燕子,沙暖睡鸳鸯","泥融"和"沙暖"分别从侧面与正面表现出春光的温暖,与诗的首句相呼应;"飞燕子"描写生动,呈现出一种动态美,"睡鸳鸯"则是静态描写,"飞"与"睡"形成动静结合之美,使整个画面更加春意盎然。

练习与思考

(一)填空

1. 这首诗既有_____又有_____,呈现出明丽绚烂的春景图。
2. "泥融飞燕子,沙暖睡鸳鸯"中_____呈现动态美,_____是静态描写。

(二)判断

1. 这首诗是一首五言律诗,表达出诗人对春天的喜爱之情。（　　）
2. "春风花草香"通过嗅觉感受,直接描绘了春风中花草的香气四溢。（　　）

(三)选择

1. "迟日"的意思是_____,"泥融"的意思是_____。
    A. 春日/泥土湿润　　　　　　B. 春日/泥土硬结
    C. 秋日/泥土湿润　　　　　　D. 秋日/泥土硬结
2. "泥融飞燕子,沙暖睡鸳鸯"两句诗所使用的创作手法是_____。
    A. 明暗对比　　　　　　　　B. 异色衬托
    C. 动静结合　　　　　　　　D. 寓情于景

(四)简答

请用中文翻译几句你的国家关于春天的著名诗歌,并写下来。

_____

_____

_____

（二）夏

山亭夏日

［唐］高骈

绿树阴浓夏日长[1]，　　lǜ shù yīn nóng xià rì cháng,
楼台倒影入池塘。　　　lóu tái dào yǐng rù chí táng。
水晶帘动微风起[2]，　　shuǐ jīng lián dòng wēi fēng qǐ,
满架蔷薇一院香。　　　mǎn jià qiáng wēi yí yuàn xiāng。

创作背景

这首诗具体创作时间目前尚未确证。山亭是山中别墅的一个亭子，高骈当时正在山亭中乘凉，见到此处夏日的景致优雅迷人，有感而发，创作了这首诗，精心捕捉并巧妙地表现出了炎夏中的凉意。

注释

1. 阴：树荫。浓：树丛的阴影很浓。
2. 水晶帘：装饰着水晶的帘子，这里比喻水面。

译文

绿树的树荫浓密，夏日（中午）悠长，楼台的倒影映入了池塘。（池水）就好像水晶帘一样动了起来，（才知道）有微风吹过，满架蔷薇带来一院芳香。

赏析

这首诗构思精巧，运用白描手法，勾勒出一幅夏日小园风光图。

第一句"绿树阴浓夏日长"，"阴浓"写出了树木枝叶的茂盛，又暗示时间是正午时分，这时候阳光最强烈，当然"绿树阴浓"。第二句"楼台倒影入池塘"，"入"写出了池中楼台倒影的真实情景，承接了第一句的时间暗示，正午阳光灿烂，楼台倒影特别清晰。第三句"水晶帘动微风起"，将水面比作水晶帘，表现出池水的清澈，看到"帘"动才察觉到有风，这是全诗最为含蓄精巧的一句。末句"满架蔷薇一院香"，表明微风不仅吹动了池水，还吹动了花架上的蔷薇花，使读者在视觉之外仿佛获得了嗅觉的享受，给诗作的清幽意境增添了艳丽的色彩。

练习与思考

（一）填空

1. 这首诗描写的是_____，运用了_____手法。
2. "绿树阴浓夏日长"中"阴浓"写出了树木枝叶的____，又暗示时间是____。

（二）判断

1. "楼台倒影入池塘"描写的是作者想象出来的情景，并非所见。（　　）
2. "水晶帘动微风起"的意思是微风吹过，眼前的水晶帘随风动了起来。（　　）

（三）选择

1. _____使读者仿佛置身于微风吹来的花香之中。
   A. 绿树阴浓夏日长　　　　B. 楼台倒影入池塘
   C. 水晶帘动微风起　　　　D. 满架蔷薇一院香

2. 全诗最为精巧的一句是"水晶帘动微风起"，用了_____的修辞手法，将_____比作_____。
   A. 类比/水晶帘/水面　　　B. 类比/水面/水晶帘
   C. 比喻/水晶帘/水面　　　D. 比喻/水面/水晶帘

（四）简答

这首诗中出现了哪些意象？你对哪一个意象印象最深刻，为什么？

_____

_____

小　池

[宋]杨万里

泉眼无声惜细流[1]，　　quán yǎn wú shēng xī xì liú,
树阴照水爱晴柔[2]。　　shù yīn zhào shuǐ ài qíng róu。
小荷才露尖尖角[3]，　　xiǎo hé cái lù jiān jiān jiǎo,
早有蜻蜓立上头[4]。　　zǎo yǒu qīng tíng lì shàng tóu。

创作背景

杨万里到常州任职以后，经常漫步郊野，欣赏大自然的美景。这首小诗就是诗人赏景时，以新奇的眼光看待身边的事物所即兴创作的作品。

注　释

1. 泉眼：泉水的出口。惜：舍不得。
2. 照水：倒映在水里。晴柔：晴天柔和的风光。
3. 小荷：娇嫩的荷叶。尖尖角：初出水端还没有舒展的荷叶尖端。
4. 上头：上面，顶端。

译　文

泉眼静悄悄地没有声音，是因为舍不得细细的水流，树荫倒映在水面，是因为喜爱晴天柔和的风光。荷叶刚从水面露出嫩尖，就有蜻蜓立在它的上面。

赏析

这首诗从小处着眼，注重细节，展现了初夏池塘的美丽风光。

首句"泉眼无声惜细流"，紧扣题目写小池的源泉，"细流"突显了泉眼的小，"惜"字以拟人的手法写出了泉眼对于细流的爱惜，使诗句变得灵动。次句"树阴照水爱晴柔"，写树荫遮住了水面的景色，也使用了拟人的手法，在诗人看来，树荫映在水中，既像在照镜子，又像在保护着晴日的美景。后两句"小荷才露尖尖角，早有蜻蜓立上头"，"才露"与"早有"体现出诗人敏锐的观察力，语言通俗却充满诗情画意：蜻蜓立在刚露出水面的荷叶嫩尖上，就好像要抢先欣赏美丽的风景一样。

练习与思考

（一）填空

1. 这首诗语言通俗却充满＿＿＿＿＿＿，展现了＿＿＿＿＿＿的美丽风光。
2. "照水"的意思是＿＿＿＿＿＿，"晴柔"的意思是＿＿＿＿＿＿。

（二）判断

1. "树阴照水爱晴柔"使用拟人手法，写出了树荫保护着晴日美景的样子。（　　）
2. 这是一首七言讽喻诗，"才露"与"早有"体现出诗人敏锐的观察力。（　　）

（三）选择

1. "泉眼无声惜细流"中"惜"的意思是＿＿＿＿，以＿＿＿＿的手法写出了泉眼对于细流的珍惜。

　　A. 可惜/拟人　　　　　　B. 舍不得/拟人

　　C. 可惜/对比　　　　　　D. 舍不得/对比

2. ＿＿＿＿形象地描绘了刚露出水面的荷叶嫩尖。

　　A. 泉眼无声惜细流　　　　B. 树阴照水爱晴柔

　　C. 小荷才露尖尖角　　　　D. 早有蜻蜓立上头

（四）简答

根据你的了解，说一说"小荷才露尖尖角，早有蜻蜓立上头"这两句诗除了用来描写景色，还有什么样的比喻用法？

西江月·夜行黄沙道中

[宋] 辛弃疾

明月别枝惊鹊[1]，　　míng yuè bié zhī jīng què,
清风半夜鸣蝉。　　　qīng fēng bàn yè míng chán。
稻花香里说丰年，　　dào huā xiāng lǐ shuō fēng nián,
听取蛙声一片。　　　tīng qǔ wā shēng yí piàn。
七八个星天外[2]，　　qī bā gè xīng tiān wài,
两三点雨山前。　　　liǎng sān diǎn yǔ shān qián。
旧时茅店社林边[3]，　jiù shí máo diàn shè lín biān,
路转溪桥忽见[4]。　　lù zhuǎn xī qiáo hū xiàn。

注释

1. 别枝：横斜的树枝。
2. 七八个：指星星稀疏。
3. 旧时：往日。茅店：茅草盖的乡村客店。社林：土地庙附近的树林。社：土地神庙。
4. 忽见：忽然出现。见，同"现"，出现。

创作背景

　　1181年，辛弃疾受到排挤被免官后，回到上饶带湖居住，并在这里生活了近15年。在此期间，他重视农业生产，同情民间疾苦，留下了不少词作，这首词就是其中一首。

译文

　　明月升到半空，月光洒在横斜的树枝上，惊醒了树枝上的喜鹊，清凉的晚风吹来，听见了远处的蝉叫声。在稻花的香气里，传来一片青蛙的叫声，好像在说今年是一个丰收的好年。

　　稀疏的星星在天边闪烁，点点小雨在山前下了起来。往日的茅屋客店还在土地庙的树林旁，道路转过溪上的小桥，它就忽然出现在眼前。

赏析

　　这首词散发着浓郁的生活气息，表达了词人对乡村生活的喜爱。

　　上阕以鹊飞、蝉鸣、蛙叫、稻花香，展现乡野夜间景色。月光寂静中出现了鹊飞动，清风幽幽里听见蝉鸣叫，动静结合，把"明月"与"清风"的夏日夜晚描写得恰到好处。"稻花香里说丰年，听取蛙声一片"则将关注点从空中转移到田野，由稻花香联想到即将到来的丰收景象。

　　下阕以天气的变化和旧游之地惊现，描写山村夜行乐趣。天空中的星星稀疏，落下的雨滴微小，正好与清幽的夜色与恬静的气氛吻合；而词人因为醉心于蛙声，没有发现早已临近的茅店，因此，"路转"与"忽见"就非常贴切地写出了他突然看到眼前旧屋的惊喜。

练习与思考

（一）填空

1. "别枝"的意思是_____，"忽见"的意思是_____。
2. "稻花香里说丰年，听取蛙声一片"由稻花香联想到即将到来的_____，散发着浓郁的_____。

（二）判断

1. "明月别枝惊鹊，清风半夜鸣蝉"这两句词中，月光中有鹊飞，清风中有

蝉鸣，明暗对比强烈。　　　　　　　　　　　（　　）
2. "七八个星天外，两三点雨山前"描绘了从星星满天到突然下起倾盆大雨的天气变化。　　　　　　　　　　　　　　　　　　（　　）

（三）选择
1. 这首词的作者是＿＿＿＿，上阙写的是＿＿＿＿，下阙写的是＿＿＿＿。

　A. 豪放派词人辛弃疾/山村夜行乐趣/乡野夜间景色

　B. 豪放派词人辛弃疾/乡野夜间景色/山村夜行乐趣

　C. 婉约派词人辛弃疾/山村夜行乐趣/乡野夜间景色

　D. 婉约派词人辛弃疾/乡野夜间景色/山村夜行乐趣

2. "旧时茅店社林边，路转溪桥忽见"中"路转"与"忽见"所体现的词人心情是＿＿＿＿。

　A. 失望

　B. 惊喜

　C. 无奈

　D. 郁闷

（四）简答

这首词中哪些句子给你带来的夏天感觉最明显？为什么？

_____

_____

二、秋与冬

（一）秋

秋词二首（其一）

[唐] 刘禹锡

自古逢秋悲寂寥[1]，　　zì gǔ féng qiū bēi jì liáo，
我言秋日胜春朝[2]。　　wǒ yán qiū rì shèng chūn zhāo。
晴空一鹤排云上[3]，　　qíng kōng yì hè pái yún shàng，
便引诗情到碧霄[4]。　　biàn yǐn shī qíng dào bì xiāo。

创作背景

805年刘禹锡被贬官，但是他并没有消沉下去，而是用乐观豁达的心态对待，这首诗就是他被贬到朗州（今湖南省常德市）时创作的。

注释

1. 逢：每当遇到。寂寥：空寂与萧条。
2. 胜：胜过。
3. 排云：推开，冲破。
4. 诗情：作诗的情绪与兴致。碧霄：青天。

译文

自古以来，人们每到秋天就会悲叹空寂与萧条，我却觉得秋天远远胜过春天。秋日晴空万里，一只白鹤推开云层，激发作诗的情绪也飞上了青天。

赏析

前两句"自古逢秋悲寂寥，我言秋日胜春朝"，诗的开篇就以议论的方式否定了前人悲秋的观念，表现出积极向上的情绪；"我言"是诗人自信的表现，"胜春朝"则是他对秋景的充分认可。

后两句"晴空一鹤排云上，便引诗情到碧霄"，展现了秋高气爽的开阔景象，特别是前一句，选择了万里晴空、凌云飞鹤、飘浮白云等典型意象，天空中的云朵衬托鹤飞之高远，翱翔的鹤则凸显云之轻盈，具体生动地描绘了一幅秋日白云飞鹤图。诗人以鹤自喻，把鹤视为坚持自我追求的化身，蕴含着不断向上的理想和信念。

练习与思考

（一）填空

1. "逢"的意思是_____，其中直接表达诗人充分认可秋景的一句诗是_____。

2. 诗人以_____自喻，视其为_____的化身。

（二）判断

1. 诗中"便引诗情到碧霄"直接抒发了诗人的豪情壮志。　　　　（　　）

2. 这首诗虽然是诗人贬官之后所作，但是其中却表现出积极向上的情绪。

　　　　　　　　　　　　　　　　　　　　　　　　　　　　（　　）

（三）选择

1. "晴空一鹤排云上，便引诗情到碧霄"可以看出诗人的情感态度是_____。

　A. 郁闷　　　　　B. 失落　　　　　C. 痛苦　　　　　D. 乐观

2. 对于"云"与"鹤"这两个意象同时使用的效果，理解不正确的是_____。

　A. 白云衬托鹤飞之高远　　　　　B. 通过云与鹤表达渴望自由的心情

　C. 飞鹤凸显云朵之轻盈　　　　　D. 描绘了生动的秋日白云飞鹤图

（四）简答

"悲秋"是不少中国古代诗歌的主题，请说一说这首关于秋天的诗主题有何特别之处。

_____

_____

山 行

［唐］杜牧

远上寒山石径斜[1]，　yuǎn shàng hán shān shí jìng xiá，
白云生处有人家[2]。　bái yún shēng chù yǒu rén jiā。
停车坐爱枫林晚[3]，　tíng chē zuò ài fēng lín wǎn，
霜叶红于二月花[4]。　shuāng yè hóng yú èr yuè huā。

创作背景

　　这首诗的创作时间目前尚未确证，可能是杜牧第二次被贬离京的时候。深秋时节，他陶醉于如诗如画的枫林晚景中，感受到了生命的力量，创作了这首诗，赞美自然的美好，表现出昂扬向上的内心情感。

注　释

1. 远上：登上远处的。寒山：深秋季节的山。石径：石子小路。斜：倾斜，弯弯曲曲，古音读"xiá"。
2. 白云生处：白云升腾的地方。
3. 坐：因为。枫林晚：傍晚时的枫树林。
4. 霜叶：经过寒霜的枫叶。红于：比……更红。

译　文

　　沿着弯弯曲曲的石子小路登上远处深秋季节的山，在那白云升腾的地方有几户人家。停下了马车是因为喜爱深秋枫林的晚景，经过寒霜的枫叶，比二月的春花更红。

赏析

这首诗通过山路、人家、白云、红叶的有机组合，描绘出一幅山林深秋秀色图，表达了诗人对秋景的深深喜爱。

第一句"远上寒山石径斜"，"寒"点明此时是深秋时节，"远"写出了山路的绵长，"斜"说明山势高但是比较平缓。第二句"白云生处有人家"，漂浮的白云仿佛从山中生长出来一样，体现出山的高大，"有人家"三字让深山充满生气，引发读者对于山中人家生活的想象。第三句"停车坐爱枫林晚"，"晚"字点明了时间，"爱"字直接说明了停车逗留的原因。第四句"霜叶红于二月花"是全诗的中心句，将枫叶与春日的红花比较，"红于"表明诗人通过这一片红色，看到了比春天更加旺盛的生命力，艳丽秋色又与"寒山""白云"以及远处的"人家"等淡雅风景互相映衬，恰到好处。

练习与思考

（一）填空

1. 这首诗描绘了一幅山林深秋秀色图，其中的意象有＿＿＿＿＿＿＿＿＿。
2. "远"写出了山路＿＿＿＿的特点，"斜"写出了山势＿＿＿＿＿的特点。

（二）判断

1. 诗中既有"寒山""白云"构成的淡雅风景，又有火红枫叶这样的艳丽秋色。（　　）
2. "霜叶红于二月花"中"红于"表明诗人认为春天的花朵更红更美。（　　）

（三）选择

1. "停车坐爱枫林晚"中的"坐"的意思是＿＿＿＿＿。

　　A. 坐下　　　　B. 因为　　　　C. 非常　　　　D. 乘坐

2. ＿＿＿＿＿体现出山的高大，同时引发读者对于山中人家生活的想象。

　　A. 远上寒山石径斜　　　　B. 白云生处有人家

　　C. 停车坐爱枫林晚　　　　D. 霜叶红于二月花

（四）简答

如果秋天看到火红的枫树，可以使用本诗中的哪一句来表达所见到的情景？这句诗的意思是什么？

天净沙·秋思

[元]马致远

枯藤老树昏鸦[1],　　kū téng lǎo shù hūn yā,
小桥流水人家,　　　xiǎo qiáo liú shuǐ rén jiā,
古道西风瘦马[2]。　　gǔ dào xī fēng shòu mǎ。
夕阳西下,　　　　　xī yáng xī xià,
断肠人在天涯[3]。　　duàn cháng rén zài tiān yá。

创作背景

由于元朝统治者实行民族压迫政策,马致远建功立业的理想始终未能实现。他大部分时间都过着远离故乡、漂泊不定的生活,在一次远游途中,写下了这首《天净沙·秋思》。悲秋,是人们面对秋景所产生的一种悲哀忧愁的情绪体验。马致远的这首小令就是悲秋名作,被后人誉为"秋思之祖"。

注释

1. 枯藤:枯萎的藤蔓。昏鸦:黄昏时归巢的乌鸦。
2. 古道:年代久远的驿道。西风:寒冷的秋风。
3. 断肠人:形容伤心悲痛到极点的人,指漂泊在外、孤独忧伤的旅人。
   天涯:远离家乡的地方。

译文

一群乌鸦落在枯藤缠绕的老树上,小桥下有流水,桥边有几户人家,古道上一匹瘦马,在西风中艰难地前行。夕阳从西边落下,孤独的旅人漂泊在远离家乡的地方。

赏析

这首小令中多种景物并置,描绘出一幅凄凉的秋郊夕照图,寓情于景,情景交融,抒发游子秋天的思乡之情。

前3句全由名词性词组构成,列出了9种景物,刻画了断肠人所处的真实环境,"枯""老""昏""古""瘦"等字眼,体现出他心情的郁闷与沉重。其中将"瘦"用在马的前面,通过写马之瘦而衬托人之瘦,为后面"断肠人"的形象进行了铺垫。第四句"夕阳西下",通过黄昏时分的秋天落日,营造出悲凉的氛围,将前9个意象全部统摄起来,成为整首作品的大背景。层层描写之后,"断肠人"出现在画面中,仿佛看到了牵着一匹瘦马的游子缓缓向我们走来,而前面所有的景物都是这位孤独忧伤"断肠人"的活动环境,"在天涯"的游子内心悲凉凄苦之情不言而喻。

练习与思考

(一)填空

1. 这首小令寓情于景,情景_____,被后人誉为_____。
2. "古道西风瘦马"中"瘦"用在马的前面,为_____的形象进行了铺垫。

(二)判断

1. 这首小令中的"天净沙"是曲牌名,"秋思"是题目,直接点明了作品的主题。(　　)
2. "枯""老""昏""古""瘦"等字眼,体现出羁旅之人心情的郁闷与沉重。(　　)

(三)选择

1. 这首小令意象众多,其中_____作为整首作品的大背景存在。
   A. 老树　　　　　　　　　B. 昏鸦
   C. 夕阳　　　　　　　　　D. 断肠人

2. 下面对于"古道西风瘦马"理解不正确的是_____。

    A. "古道"点明了游子所处的环境荒凉冷清

    B. "西风"不仅指自然界的风,也暗含了游子内心的凄凉

    C. "瘦马"既写出了马的样子,也象征着游子的疲惫与艰辛

    D. 虽然笔调略带忧伤,但是展现了游子的乐观与豁达

(四)简答

说一说什么是悲秋。你还知道哪些中国古代著名的悲秋诗词,请写出1—2首的题目。

_____

_____

（二）冬

白雪歌送武判官归京[1]（节选）

[唐] 岑参

北风卷地白草折[2]，　　běi fēng juǎn dì bái cǎo zhé,
胡天八月即飞雪[3]。　　hú tiān bā yuè jí fēi xuě。
忽如一夜春风来，　　　hū rú yí yè chūn fēng lái,
千树万树梨花开[4]。　　qiān shù wàn shù lí huā kāi。

创作背景

754年左右，岑参怀着建功立业的志向到边疆担任判官。武判官是岑参的前任，岑参在送他回长安的时候，写下了这首诗，本书节录了该诗的前4句。

注释

1. 判官：中国古代的一种官职。归京：回京城（长安）。
2. 白草：西域一种牧草名，秋天变白色。
3. 胡天：指塞北的天空。
4. 梨花：这里比喻雪花积在树枝上，像梨花开了一样。

译文

北风席卷大地吹折了白草，塞北的天空八月就开始下大雪。仿佛一夜之间春风吹来，千万棵树上的梨花都盛开了一样。

赏析

第一句"北风卷地白草折","卷地"突出了北风之大,仿佛要把地上的东西都卷走,"折"显示了风势凶猛,连柔软的草也被折断。第二句"胡天八月即飞雪","即"字写出了边疆气候的不同寻常,也写出了从南方到此地的诗人之惊奇。第三、四句"忽如一夜春风来,千树万树梨花开","忽如"说明边塞气候无常,大雪突然降落,与前一句"即"互相呼应;"北风"使雪花飞舞,"春风"使梨花盛开,用梨花盛开的春景比喻满树雪花的冬景,想象尤为奇妙,描绘了一幅意境壮阔的边疆雪景图,在苦寒中加入了浪漫色彩。

练习与思考

(一)填空

1. 这首诗用充满想象的比喻,描绘了一幅_____的边疆雪景图。
2. "北风卷地白草折"中"卷地"突出了_____,"折"显出_____。

(二)判断

1. 岑参是唐朝著名的边塞诗人,他在归京(长安)前创作了这首诗。(　　)
2. "千树万树梨花开"用夸张的手法描绘了北国春景的美妙。(　　)

(三)选择

1. "忽如一夜春风来,千树万树梨花开"这两句诗用_____比喻_____,在苦寒中加入了_____的色彩。
   A. 梨花盛开的春景/满树雪花的冬景/喜悦
   B. 梨花盛开的春景/满树雪花的冬景/浪漫
   C. 满树雪花的冬景/梨花盛开的春景/喜悦
   D. 满树雪花的冬景/梨花盛开的春景/浪漫

2. "胡天八月即飞雪"中,_____字写出了边疆气候的不同寻常,也写出诗人的_____。
   A. 即/惊奇　　B. 即/失望　　C. 飞/惊奇　　D. 飞/失望

(四)简答

说一说看到什么情景你会使用"忽如一夜春风来,千树万树梨花开"来形容。

_____

_____

问刘十九

[唐] 白居易

绿蚁新醅酒[1]，　　lǜ yǐ xīn pēi jiǔ,
红泥小火炉。　　　hóng ní xiǎo huǒ lú。
晚来天欲雪[2]，　　wǎn lái tiān yù xuě,
能饮一杯无[3]？　　néng yǐn yì bēi wú？

创作背景

这首诗是白居易晚年隐居洛阳思念友人刘十九时创作的。刘十九是白居易在江州时的朋友，白居易另有《刘十九同宿》诗，其中说他是"嵩阳刘处士"。

注释

1. 绿蚁：指漂浮在新酿未过滤的米酒表面的绿色泡沫。醅：酿造。
2. 雪：下雪，这里用作动词。
3. 无：表示疑问的语气词，相当于"么"或"吗"。

译文

酿好了淡绿的米酒，烧旺了小小的火炉。天色将晚雪意更浓，你可不可以和我共饮一杯暖酒？

赏析

全诗描写诗人在一个雪天的傍晚邀请朋友前来喝酒的情景。

前两句"绿蚁新醅酒,红泥小火炉",首句描绘新熟家酒的淡绿与浑浊,引发读者的联想,米酒的芳香仿佛扑鼻而来;次句中,红色的火光照亮了屋子,也照亮了浮动着绿色泡沫的家酒,"红泥"与"绿蚁"色彩对比鲜明,使氛围显得更加温暖。后两句"晚来天欲雪,能饮一杯无",一方面以寒冷的天气衬托屋子里炉火的炽热,另一方面又使用叙家常的语气,询问刘十九是否能来一起饮酒,充满了生活情趣,表现出诗人与友人之间的深厚情谊。

练习与思考

(一)填空

1. 诗中出现的意象有_____,构成了一幅有声有色的图画。
2. "绿蚁新醅酒,红泥小火炉",_____鲜明,呈现出_____的氛围。

(二)判断

1. "绿蚁新醅酒"中"绿蚁"的意思是绿色的蚂蚁。（   ）
2. "能饮一杯无"是在询问对方能不能一下子把一杯酒喝完。（   ）

(三)选择

1. "绿蚁新醅酒,红泥小火炉"两句诗所用的创作手法是_____。
   A. 比喻与排比 B. 比喻与对比
   C. 拟人与排比 D. 拟人与对比
2. 这是一首_____,后两句使用_____的语气,充满了生活情趣。
   A. 五言绝句/命令式 B. 五言绝句/叙家常
   C. 五言律诗/设问式 D. 五言律诗/讲故事

(四)简答

如果在下雪的冬日你打算邀请朋友到家里饮酒,可以使用什么诗句表达?

_____

_____

江 雪

[唐]柳宗元

千山鸟飞绝[1]，　qiān shān niǎo fēi jué,
万径人踪灭[2]。　wàn jìng rén zōng miè。
孤舟蓑笠翁[3]，　gū zhōu suō lì wēng,
独钓寒江雪[4]。　dú diào hán jiāng xuě。

创作背景

805年永贞革新运动失败，柳宗元因参加革新运动而被贬官到永州，流放10年，过着被管制的生活。政治上的压迫使他倍感孤独，他把人生的价值和理想志趣通过诗歌来加以展现，《江雪》就是他在永州期间的代表作。

注 释

1. 绝：无，没有。
2. 万径：指千万条路。人踪：人的脚印。灭：无，没有。
3. 孤：孤零零。蓑笠：蓑衣和斗笠。
4. 独：独自。

译 文

所有的山都没有鸟飞过，所有的道路也都看不见人的踪迹。孤零零的小舟上一位披着蓑衣戴着斗笠的老翁，独自在寒冷的江面上钓鱼。

赏 析

这首诗用简洁的语言描绘了空旷凄冷的寒冬江上渔翁独钓的

画面，以景写人，寓情于景。

前两句"千山鸟飞绝，万径人踪灭"，"千山""万径"两个词与后两句"孤舟"与"独钓"产生了鲜明对比，"千"与"万"使"孤"与"独"更加突出，感染力也更加强烈；"绝"与"灭"则写出了一种极端寂静的环境。后两句"孤舟蓑笠翁，独钓寒江雪"，把"江"和"雪"两个意象联系起来，说明雪下得极大极厚；"寒"字点明了气候，同时写出了渔翁的精神世界。在这样寒冷寂静的环境中，忘记一切，专心钓鱼的渔翁，是孤独清高的。渔翁寄托了诗人的思想情感，这个形象就是诗人自身的写照。

练习与思考

（一）填空

1. "万径"的意思是_____，"人踪"的意思是_____。

2. "寒"字点明了_____，同时写出了渔翁的_____。

（二）判断

1. "千山鸟飞绝，万径人踪灭"描绘的是喧嚣热闹的场面。（   ）

2. 渔翁形象孤独清高，寄托了诗人的思想情感，是诗人的写照。（   ）

（三）选择

1. 诗中表现极端寂静的两个字是_____。

   A. 飞、踪   B. 绝、灭   C. 孤、独   D. 寒、雪

2. 下面对《江雪》艺术特色的描述中，正确的是_____。（可多选）

   A. 语言简洁，意蕴丰富

   B. 将千山万径与孤舟独钓进行对比

   C. 描绘了生机勃勃的景象

   D. 刻画了不惧风雪、独自垂钓的老渔翁形象

（四）简答

你还知道哪些著名的描写冬天景色的中国古代诗词，请写出其中1首的题目和其中你最喜欢的诗句。

 古诗词诵读技巧（四）

语调与语速

一、语调

语调指诵读时声音的高低曲直变化。语调和语气密切相关，不同的语调表达不同的语气，此外，它与音高、音强、音长和音色也都有关系，语调的变化主要表现在句子末尾。

语调是情感的产物，没有固定的格式，要以适合思想表达为准来选择语调。常用的语调有4种：平调（平直调）、升调、降调、曲调（曲折调）。平调，即句子的语势平直舒缓，没有显著的高低变化。陈述、说明的句子常用平直调，表示庄重、平淡等感情。升调，前低后高，语势上升，表示疑问、反问等语气。降调，句子语势先高后低，句末音节或结构要读得低弱而短促，表示坚决、肯定、感叹等感情。曲调，即语调的高低有曲折变化，表示惊讶、怀疑、讽刺等复杂的感情。在古诗词诵读中，曲调使用较少。

二、语速

语速，指诵读时语流行进的速度。语速快慢由内容表达需要决定，适当的语速便于表达文章中的思想感情。

在面对表现紧张、热烈、愉快、兴奋、慌乱、害怕等情绪的时候，以及表达慷慨激昂、愤怒、反抗、驳斥、申辩等内容的时候，要读得适当快一点，例如，飞流直下/三千尺，疑是银河/落/九天（李白《望庐山瀑布》），诵读这句诗语速应该稍快一些，慢读就缺少了"直下"的气势。

情绪平静、沉郁、失望，气氛庄严、行动迟缓的内容或较难理解的语句，诵读的时候语速要适当放慢一些，例如，月落乌啼/霜满天，江枫渔火/对愁眠（张继《枫桥夜泊》），诵读这句诗的语速要缓慢，如果语速快，所表达的情感就不能体现诗中之"愁"了。

哀伤悲痛的句子，应该读得深沉，语速需要更慢，例如，出师未捷/身先死，长使英雄/泪/满/襟（杜甫《蜀相》），其中"泪满襟"语速应该非常缓慢，甚至可以一字一顿，以声传情，体现出沉痛伤感的情绪。

诵读的基调包括欢快、忧愁、伤感、恬淡、闲适、激愤、思念等，诵读时采用什么语调、语速，需要根据诗词的基调选择，因此，在诵读前需要做好准备工作。首先了解写作背景，熟悉诗词内容；然后根据背景和内容来确定感情基调；找准这首作品的感情基调之后，再确定诵读的语调和语速，这样诵读时的表达会更准确。

此外，为了更好地表达文本，使古诗词诵读更有感染力，诵读前可以借助3个问题展开合理的想象：诵读者是谁？在哪里诵读？诵读给谁听？诵读者可以把自己想象成诗词作者，并且根据作品的创作背景、所表达的内容与情感对诵读场景进行细节化的构建；同时，设定听众或观众，从而最大化帮助自己发挥想象力，融入诗词所描绘的场景之中，找到对象感和画面感。

【练习文本】

山　行

[唐] 杜牧

远上寒山石径斜，白云生处有人家。
停车坐爱枫林晚，霜叶红于二月花。

【练习提示】

1. 根据古诗意思和背景来定感情基调。《山行》描绘了山路、人家、白云、红叶的有机组合，呈现出一幅深秋时节动人的山林秋色图，表达了诗人对迷人秋景的深深喜爱，因此，感情基调是喜悦、欢快的。
2. 诵读前展开合理的想象：诵读者"我"是唐代诗人杜牧。深秋时节的山中，冷冽的气息扑面而来，但空气格外清新。"我"沿着弯弯曲曲的小路上山，山路绵长，山势高而缓。抬头望去，山林深处，白云缭绕的地方，有人家居住，更显静谧。"我"没有激动地直奔人家而去，缓缓将车停下来，因为"我"看到了一片令人动心的枫林晚景，经霜的枫叶比二月春花还要红艳。放眼白云缭绕，山林色彩斑斓，秋日大自然的美景尽收眼底，"我"陶醉于这大美秋色中，不禁赞叹，有感作诗。

3. 前两句"远上寒山石径斜，白云生处有人家"，场景在室外，诗人惊喜、激动、陶醉、快乐，诵读的时候需要放大音量，爽朗外放，但又不可过大，应该自然抒发，不破坏深林静谧的美感；后两句"停车坐爱枫林晚，霜叶红于二月花"，诵读时要微笑提颧肌，声音明亮，语气欢快，语调上扬，表达出对这秋色深深的喜爱之情。

第六章　天地自然

一、日与月

（一）日

暮　江　吟[1]

［唐］白居易

一道残阳铺水中[2]，　yí dào cán yáng pū shuǐ zhōng,
半江瑟瑟半江红[3]。　bàn jiāng sè sè bàn jiāng hóng。
可怜九月初三夜[4]，　kě lián jiǔ yuè chū sān yè,
露似真珠月似弓[5]。　lù sì zhēn zhū yuè sì gōng。

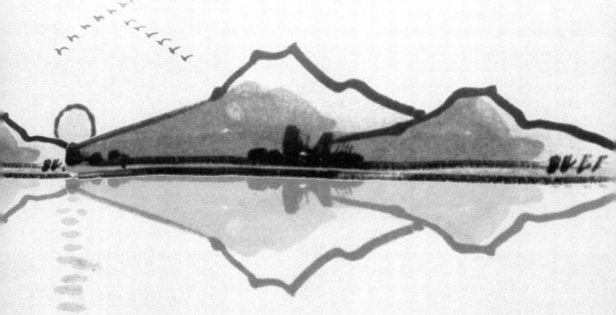

🌥 创作背景

822年前后，朝廷政治混乱，诗人白居易请求到京城以外任职，这首诗就作于他外出任职的途中。

🌥 注　释

1. 暮江：黄昏时分的江边。
2. 残阳：快要落山的太阳，只能看到一部分，因此说"残"。
3. 瑟瑟：此处指碧绿色。
4. 可怜：可爱。
5. 真珠：珍珠。

🌥 译　文

快要落山的太阳，阳光柔和地铺在江水上，江水一半碧绿一半艳红。最可爱的是九月初三夜晚，露珠好像一颗颗珍珠，新月好像一把弯弓。

🌥 赏　析

全诗描写了自然界的两幅画面，构思巧妙，比喻贴切，表现出诗人对大自然的热爱和如愿远离朝廷后轻松愉悦的心情。

前两句"一道残阳铺水中，半江瑟瑟半江红"，是一幅夕阳映照江水晚景图，"残"字突显了夕阳半落山的样子，"铺"字写出了秋日阳光的柔美，"瑟瑟"和"红"反映了江面水波光色变化的景象，色彩对比强烈。后两句"可怜九月初三夜，露似真珠月似弓"，是一幅新月初升夜景图，用"真珠"和"弓"来比喻晶莹的露水与弯弯的月亮，在画面中同时呈现地上、天上的两种景象，营造出秋夜宁静的意境。

🌥 练习与思考

（一）填空

1. 这首诗不仅表现了诗人对大自然的热爱，同时还寄托了他_____的心情。
2. 这首诗的最后一句运用了_____的修辞手法，营造出了_____的意境。

（二）判断

1. 诗人用"瑟瑟""可怜"来表现被贬官后内心的害怕与郁闷。（　　）
2. "一道残阳铺水中"这句诗中"残阳"的意思是早晨初升的太阳。（　　）

（三）选择

1. 运用色彩对比，描绘江面水波变化的诗句是_____。

   A. 一道残阳铺水中
   B. 半江瑟瑟半江红
   C. 可怜九月初三夜
   D. 露似真珠月似弓

2. "可怜九月初三夜，露似真珠月似弓"中"可怜"的意思是_____，诗人用_____来比喻_____。

   A. 可爱/真珠和弓/露水和新月
   B. 可爱/露水和新月/真珠和弓
   C. 怜悯/珠和弓/露水和新月
   D. 怜悯/露水和新月/真珠和弓

（四）简答

"一道残阳铺水中"这句诗中"铺"字给你怎样的感受？

_____

_____

乐　游　原[1]

[唐] 李商隐

向晚意不适[2]，　xiàng wǎn yì bú shì,
驱车登古原[3]。　qū chē dēng gǔ yuán。
夕阳无限好[4]，　xī yáng wú xiàn hǎo,
只是近黄昏[5]。　zhǐ shì jìn huáng hūn。

创作背景

乐游原是唐代长安的游览胜地，因为地理位置便于览胜，文人墨客经常来这里观赏写诗。这首诗作于844年或845年间，是李商隐路过乐游原时，有感于自身仕途不得志和国家命运江河日下而创作的。

注释

1. 乐游原：在长安（今西安）城南，是唐代长安城内地势最高地。
2. 向晚：傍晚。意：心情。不适：不悦，不愉快。
3. 驱车：驾车。古原：指乐游原。
4. 无限好：非常好。
5. 近：快要。

译文

傍晚的时候心情不太愉快，驾着车登上了古原。西下的太阳无限美好，只是再美好，也已经接近黄昏了。

赏析

前两句"向晚意不适，驱车登古原"，点明登古原的时间和原因，回应了题目。"向晚"说明天色快黑了，"不适"说明他驾着车子登上乐游原看风景，正是为了排遣不愉快的心情。后两句"夕阳无限好，只是近黄昏"，"无限好"是对夕阳照耀下壮观美景的赞颂，蕴含着诗人对眼前大好河山的热爱，"只是"二字使诗意突然出现转折，"近黄昏"一方面表达了诗人因无力挽留美好事物而产生的伤感之情，另一方面体现出他对于个人前途的烦闷和国家命运的担忧。

练习与思考

1. 这首诗中说明诗人登原游览原因的诗句是_____。
2. 最后一句诗中，"只是"的作用是_____。

（二）判断

1. 这首诗是唐代诗人李商隐创作的一首五言律诗。　　　　（　　）
2. "向晚意不适"中的"不适"表明诗人身体不太舒服。　　（　　）

（三）选择

1. "向晚意不适"中的"向晚"所指的时间是_____。
    A. 早晨　　　　B. 中午　　　　C. 傍晚　　　　D. 深夜
2. "夕阳无限好，只是近黄昏"这两句诗表达了诗人怎样的情感？_____
    （可多选）
    A. 对夕阳美景的赞叹和留恋
    B. 无力挽留美好事物的伤感
    C. 对未来生活的憧憬和期待
    D. 对个人与国家命运的担忧

（四）简答

请说一说什么情况下你会使用"夕阳无限好"这句诗。
_____
_____

（二）月

静　夜　思[1]

［唐］李白

床前明月光[2]，　　chuáng qián míng yuè guāng,
疑是地上霜[3]。　　yí shì dì shàng shuāng。
举头望明月[4]，　　jǔ tóu wàng míng yuè,
低头思故乡[5]。　　dī tóu sī gù xiāng。

创作背景

724年，李白决意"仗剑去国，辞亲远游"，在游历长江中下游一带的时候，曾经到过扬州。这首诗创作于726年农历九月十五日，当时李白独自住在扬州的一家旅舍中，天空中的一轮明月引发了他的思乡之情，于是他写下了这首千古名诗。

注释

1. 静夜：安静的月夜。
2. 床：关于此诗中"床"的释义有井台、井栏、坐卧的器具、胡床、通假"窗"等5种，本书取"坐卧的器具"之意。
3. 疑：好像。
4. 举头：抬头。
5. 思：思念。

译文

明亮的月光静静地洒在床前，好像地上有一层洁白的秋霜。抬起头望着空中的明月，低下头思念远方的家乡。

赏析

这首诗借天空皎洁的明月，以白描的手法抒写了游子在月夜中思念故乡的感情。

前两句"床前明月光，疑是地上霜"，"疑"字生动地写出了诗人因看不真切月光而产生困惑的样子，"霜"字用得非常巧妙，既写出了月光的洁白，又表现了秋天夜晚的寒意，还反映了诗人漂泊在外的凄凉与孤独。后两句"举头望明月，低头思故乡"，"望"回应了前面的"疑"，从"疑"到"举头"，从凝望到沉思，细微的动作中饱含了诗人的千思万绪，通过抬头和低头两个动作的刻画，以及再次出现的"明月"意象，勾勒出一幅生动形象的月夜思乡图。

练习与思考

（一）填空

1. 这首诗使用了_____的手法，书写了游子_____的感情。
2. 表达诗人望月怀乡之情的两句诗是_____。

（二）判断

1. 诗作题目"静夜思"的意思是月夜中静静地思考问题。（   ）
2. 中国古典诗词中，"月"这个意象常常与思乡的主题联系在一起。（   ）

（三）选择

1. 下面哪一项不是"疑是地上霜"中"霜"字的使用效果？_____
   A. 写出月光的洁白。
   B. 表现秋天夜晚的寒意。
   C. 凸显自然景物的变化。
   D. 反映诗人漂泊的孤独。

2. "举头望明月，低头思故乡"中的_____回应了前一句的"疑"。
   A. 举　　　　　B. 望　　　　　C. 思　　　　　D. 低

（四）简答

结合你自己的经历，说一说你读了"举头望明月，低头思故乡"这两句诗之后的感受。

_____

_____

水调歌头

[宋] 苏轼

丙辰中秋[1],欢饮达旦[2],大醉,作此篇,兼怀子由[3]。

明月几时有[4]?   míng yuè jǐ shí yǒu?
把酒问青天[5]。   bǎ jiǔ wèn qīng tiān。
不知天上宫阙[6],   bù zhī tiān shàng gōng què,
今夕是何年。   jīn xī shì hé nián。
我欲乘风归去[7],   wǒ yù chéng fēng guī qù,
又恐琼楼玉宇[8],   yòu kǒng qióng lóu yù yǔ,
高处不胜寒[9]。   gāo chù bú shèng hán。
起舞弄清影[10],   qǐ wǔ nòng qīng yǐng,
何似在人间[11]。   hé sì zài rén jiān。

转朱阁[12],   zhuǎn zhū gé,
低绮户[13],   dī qǐ hù,
照无眠。   zhào wú mián。
不应有恨,   bù yīng yǒu hèn,
何事长向别时圆[14]?   hé shì cháng xiàng bié shí yuán?
人有悲欢离合,   rén yǒu bēi huān lí hé,
月有阴晴圆缺,   yuè yǒu yīn qíng yuán quē,
此事古难全[15]。   cǐ shì gǔ nán quán。
但愿人长久[16],   dàn yuàn rén cháng jiǔ,
千里共婵娟[17]。   qiān lǐ gòng chán juān。

🌥 创作背景

因为与主张变法的王安石等人政见不同，苏轼离开京城到外地做官，1074年赴密州任职，这首词是1076年中秋节他在密州畅饮之后所作。面对一轮明月，想到自己与弟弟苏辙已经分别7年没有团聚了，苏轼感叹之余，写下了这首千古名作。

🌥 注　释

1. 丙辰：1076年，这一年苏轼在密州（今山东省诸城市）任太守。
2. 达旦：到天亮。
3. 子由：苏轼的弟弟苏辙的字。
4. 几时：什么时候。
5. 把酒：端起酒杯。
6. 天上宫阙：月亮里的宫殿。在中国的民间传说中，月亮里有一座广寒宫。
7. 归去：回去，指的是去月亮里的宫殿。
8. 琼楼玉宇：指月亮里华美的宫殿。
9. 不胜：经受不住。胜：承担、承受。
10. 起舞弄清影：月光下的身影跟着舞蹈动作做出各种舞姿。
11. 何似：何如，哪里比得上。
12. 朱阁：红色的楼阁。
13. 绮户：装饰华丽的门窗。
14. 何事：为什么。
15. 此事：指人间的"欢""合"与月亮的"晴""圆"。
16. 但愿：只希望。
17. 婵娟：指月亮。

🌥 译　文

丙辰年的中秋节，高高兴兴地喝酒直到天亮，喝得大醉，写下这首词，同时也思念弟弟苏辙。

明月从什么时候才开始出现？我端起酒杯遥问上天。不知道在天上的宫殿，今天晚上是何年何月。我想要乘清风回到天上，又担心在美玉砌成的华美楼宇里，受不住高处的寒冷。起身舞蹈，玩赏着月光下清朗的影子，月宫哪里比得上人间。

月亮转过朱红色的楼阁，低低地挂在雕花的窗户前，照着没有睡意的自己。明月不该对人们有什么怨恨吧，为什么偏偏在人们离别时才变圆呢？人有悲欢离合的命运，月有阴晴圆缺的变化，这样的事情自古以来就难以周全。只希望所有的人都能长久平安，远隔千里也能一起欣赏美好的明月。

赏析

这首词以月起兴，围绕明月展开了想象与思考，抒发了词人对人生聚散离合的感慨，展现出旷达乐观的精神。

上阙把酒问天，情感由出世到入世。"明月几时有，把酒问青天"，将青天当作自己的朋友，把酒相问，显示了词人豪放的性格和不凡的气魄；"不知天上宫阙，今夕是何年"，由望月产生了美好的想象，幻想忘却人间烦恼，"乘风归去"，把飞天入月称为"归去"，可以看出苏轼对明月十分向往，将那里当成自己的归宿。虽然向往"琼楼玉宇"，却担忧高处的寒冷，内心非常矛盾，于是"起舞弄清影"回到了现实之中，表达出对温暖人间的无限眷恋和留下来的决心。

下阙对月怀人，由怨恨别离转为祝福。"转朱阁，低绮户，照无眠"，暗示夜已深沉，词人却因思念亲人辗转反侧。他由中秋的圆月联想到人间的离别，以自问自答的形式，从人到月、从古到今进行了高度的概括，蕴含着乐观的态度与豁达的精神。"但愿人长久，千里共婵娟"意味着希望突破空间的阻隔，通过一起欣赏美好的明月，使分离的人实现心灵相聚，这既是词人对亲人的祝福与思念，又是对一切经受离别痛苦之人的美好祝愿。

练习与思考

（一）填空

1. 这首词以_____起兴，上阙的情感变化是_____，下阙的情感变化是_____。

2. "我欲乘风归去"中"归去"指的是_____，"此事古难全"中"此事"指的是_____。

（二）判断

1. "把酒问青天"中的"把酒"的意思是端起酒杯，"高处不胜寒"中的"不胜"的意思是没有超过。（　　）
2. 表达出对温暖人间的无限眷恋和留下来的决心的词句是"起舞弄清影，何似在人间"。（　　）

（三）选择

1. "我欲乘风归去，又恐琼楼玉宇，高处不胜寒"表达了诗人_____的心理。

   A. 快乐　　　　B. 矛盾　　　　C. 害怕　　　　D. 忧愁

2. 表达诗人美好祝愿，希望通过共赏明月实现分离之人心灵相聚的诗句是_____。

   A. 明月几时有，把酒问青天

   B. 不知天上宫阙，今夕是何年

   C. 人有悲欢离合，月有阴晴月缺

   D. 但愿人长久，千里共婵娟

（四）简答

请说一说你对"人有悲欢离合，月有阴晴圆缺"的理解。

_____

_____

二、云与星

（一）云

早发白帝城[1]

[唐] 李白

朝辞白帝彩云间[2]，　zhāo cí bái dì cǎi yún jiān,
千里江陵一日还[3]。　qiān lǐ jiāng líng yí rì huán。
两岸猿声啼不住[4]，　liǎng àn yuán shēng tí bú zhù,
轻舟已过万重山[5]。　qīng zhōu yǐ guò wàn chóng shān。

创作背景

759年春天，李白被流放到夜郎。当他路过白帝城的时候，忽然得到自己被赦免的消息，非常惊喜，马上乘船到江陵去。

注释

1. 发：启程。
2. 辞：告别。
3. 一日还：一天就可以到达。还：归，返回。
4. 住：停止。
5. 万重山：层层叠叠的山，形容山多。

译文

清晨告别五彩云朵间的白帝城，千里之外的江陵一天就可以到达。江两岸猿猴的叫声还在耳边不停地回响，轻快的小舟已驶过了很多座青山。

赏析

第一句"朝辞白帝彩云间","彩云间"三字形象地表现出白帝城地势的高,用"彩云"不用"白云",不仅是为了避免与"白帝"的"白"字重复,同时也体现出早晨的霞光给云朵带来的美丽色彩,显示出从阴霾转为光明的大好气象,此外,"彩云"也暗含着"七彩祥云"的吉祥之意。第二句"千里江陵一日还","千里"和"一日"将距离的遥远和时间的短暂进行对比,"还"字把去江陵写得如同返回故乡一样,蕴含着诗人的期盼与喜悦。后两句"两岸猿声啼不住,轻舟已过万重山",用山影和猿声来烘托顺流直下的船速度非常快,这两句不仅是写景,"轻舟"也是诗人内心情感的表达,用舟的轻快突显流放途中获得赦免的轻松愉快心情。

练习与思考

(一)填空

1. "彩云间"表现出白帝城_____,"万重山"用来形容_____。
2. "两岸猿声啼不住,轻舟已过万重山"中山影和猿声烘托了_____。

(二)判断

1. 这首诗是李白流放夜郎途中得知自己获赦免之后创作的。　　　(　　)
2. "千里江陵一日还"中"还"的意思是返回,因为江陵是李白的故乡,所以他这样写。　　　　　　　　　　　　　　　　　　　　(　　)

(三)选择

1. "千里江陵一日还"中的"千里"和"一日"使用了_____的手法。
   A. 类比　　　　　B. 拟人　　　　　C. 对比　　　　　D. 对偶
2. "轻舟已过万重山"中为何用"轻舟"?_____(可多选)
   A. 这是诗人内心情感的寄托与表达。
   B. 表明所乘坐的舟很小很轻,舟上人也不多。
   C. 表面写舟的轻快,实际上写心情的轻松愉快。
   D. 说明所乘坐的舟质量不好,舟的重量太轻。

(四)简答

说一说你对"朝辞白帝彩云间"这句诗中使用"彩云"意象的理解。

独坐敬亭山[1]

[唐] 李白

众鸟高飞尽[2],　　zhòng niǎo gāo fēi jìn,
孤云独去闲[3]。　　gū yún dú qù xián。
相看两不厌[4],　　xiāng kàn liǎng bú yàn,
只有敬亭山。　　zhǐ yǒu jìng tíng shān。

创作背景

这首诗是李白政途失意后在安徽宣城登临敬亭山时创作的。这一时期的李白饱尝人间辛酸滋味,看透世态炎凉,对现实感到不满,为自己的怀才不遇感到抑郁不平。身心俱疲的诗人内心十分孤寂,需要获得慰藉,创作了不少寄情自然山水、倾诉内心情感的诗篇,《独坐敬亭山》即是其中之一。

注释

1. 敬亭山:在今安徽宣城北。
2. 尽:没有,消失。
3. 孤云:单独飘浮的云朵,在古代诗词中孤云常被用来象征自由、孤独或超脱世俗的情感,陶渊明《咏贫士》诗中就有"孤云独无依"的句子。闲:形容云朵飘来飘去、悠闲自在的样子。
4. 厌:满足。

译文

群鸟高高地飞翔而去,单独飘浮的云朵悠闲自在。彼此之间两不相厌,只有我和眼前的敬亭山。

赏析

这首诗通过对众鸟、孤云、敬亭山等景物的描绘，表达内心的孤独与对大自然的向往，情景交融，营造出孤寂清幽的意境。

前两句"众鸟高飞尽，孤云独去闲"写的是在敬亭山上所见之景。飞去的鸟儿和漂浮的孤云烘托出诗人内心的孤独寂寞，这种生动形象的写法既呈现出栩栩如生的飞鸟白云图，又暗示了诗人在敬亭山游览观望之久，勾画出他独坐出神的形象，为后面所写进行了铺垫，其中孤云这个意象展现了诗人超脱世俗的情怀。

后两句"相看两不厌，只有敬亭山"，运用浪漫主义手法，将敬亭山拟人化，写诗人自己和敬亭山互看。"相看两不厌"表达了诗人与敬亭山之间的深厚感情，蕴含着他在孤独和怀才不遇的情况下得到的慰藉；同时，诗人也在用山的有情来反衬人的无情，用丰富的想象和巧妙的构思，赋予了这首诗独特的灵魂。

练习与思考

（一）填空

1. 这首诗中的"闲"用来形容_____的样子，"厌"的意思是_____。

2. 诗作通过对_____等景物的描绘表达情感，这种创作手法叫作_____。

（二）判断

1. 这首诗是李白仕途顺利、意气风发的时候创作的。（　　）

2. 诗的后两句写诗人自己和敬亭山互看，这样的描写是将敬亭山拟人化。
（　　）

（三）选择

1. 下面对于"众鸟高飞尽，孤云独去闲"的理解不正确的是_____。
   A. 写的是诗人一边登敬亭山一边观赏所看见的风景
   B. 暗示了诗人在敬亭山游览观望了很长时间
   C. 众鸟与孤云是诗人喜悦心情的反映
   D. 体现了诗人对大自然的向往与美丽风景的喜爱

2. "相看两不厌,只有敬亭山"这两句诗 _____。(可多选)

　　A. 诗仙李白运用了浪漫主义创作手法

　　B. 用山的有情来反衬人的无情

　　C. 以夸张的方式表现出敬亭山给予诗人的慰藉

　　D. 想象丰富,构思巧妙

(四)简答

说一说你对诗中"孤云"这个意象的理解。

（二）星

迢迢牵牛星

[汉] 佚名

迢迢牵牛星[1]，　　tiáo tiáo qiān niú xīng，
皎皎河汉女[2]。　　jiǎo jiǎo hé hàn nǚ。
纤纤擢素手[3]，　　xiān xiān zhuó sù shǒu，
札札弄机杼[4]。　　zhá zhá nòng jī zhù。
终日不成章[5]，　　zhōng rì bù chéng zhāng，
泣涕零如雨[6]。　　qì tì líng rú yǔ。
河汉清且浅，　　　hé hàn qīng qiě qiǎn，
相去复几许[7]？　　xiāng qù fù jǐ xǔ？
盈盈一水间[8]，　　yíng yíng yì shuǐ jiān，
脉脉不得语[9]。　　mò mò bù dé yǔ。

创作背景

牵牛和织女本是两个星宿的名字，后来演变成牛郎与织女的传说故事，《迢迢牵牛星》就是根据这个传说创作的。这首诗是汉代一首文人五言诗，也

是《古诗十九首》之一。《古诗十九首》由南朝萧统从流传下来的无名氏（作者佚名）古诗中，选录19首编入《文选》而成。

注释

1. 迢迢：遥远的样子。
2. 皎皎：明亮洁白的样子。
3. 纤纤：细长的样子。擢：伸出。素：洁白。
4. 札札：象声词，机织声。弄：摆弄。杼：织布机上的梭子。
5. 章：布上面的花纹。
6. 泣涕：眼泪。零：落下。
7. 相去：相离，相隔。去：离。复几许：又能有多远。
8. 盈盈：水清澈、晶莹的样子。
9. 脉脉：含情相视的样子。

译文

（银河这边）牵牛星遥遥可见，（银河那边）织女星明亮洁白。（织女）伸出细长的双手摆弄着织布机上的梭子，织布机札札地响。

一整天也没织好布上面的花纹，落下的眼泪如同雨滴一样。银河看起来又清又浅，两岸相离能有多远呢？虽然仅仅相隔了一条清浅的银河，但也只能含情脉脉地相视而不能言语。

赏析

这首诗描写了牵牛星与织女星，借牛郎织女的神话传说来表达爱情受挫的痛苦忧伤，大量叠音词的使用增强了诗歌的音乐美。

"迢迢牵牛星，皎皎河汉女"，"皎皎"既是写景也是写人，一方面写出了银河的清亮，为后文的"清且浅"做铺垫，另一方面也写出了织女的娇美形象。"纤纤擢素手，札札弄机杼"，描写织女手部的特征、劳动的情景及其勤劳的形象，如见其形，如闻其声，写出了织女的苦闷心情。"终日不成章，泣涕零如雨"，织女因为思念牛郎，心不在焉，所以整日织布却没有结果，从侧面表现出她受到思念的折磨而痛苦万分的样子。"河汉清且浅，相去复几许？盈盈一水间，脉脉不得语"，一问一答，体现了相隔不远却只能相视无言的深深悲伤。

练习与思考

（一）填空

1. 诗中用"迢迢"来描写_____星，意思是_____；用"皎皎"描写_____星，意思是_____。
2. "纤纤擢素手，札札弄机杼"让读者如见_____，如闻_____，写出了织女_____的心情。

（二）判断

1. 这首五言诗出自《古诗十九首》，借用了牛郎织女的神话传说。（　　）
2. "盈盈一水间，脉脉不得语"写出了相隔不远却只能相视无言的悲伤。
（　　）

（三）选择

1. "纤纤"等词语叫作_____，这首诗一共使用了_____个这样的词语，它们的使用增强了_____。

    A. 押韵词/4/画面感

    B. 押韵词/6/音乐美

    C. 叠音词/4/画面感

    D. 叠音词/6/音乐美

2. 下面关于"终日不成章，泣涕零如雨"理解正确的是_____。（可多选）

    A. 织女一整天也没织好布上面的花纹

    B. 直白地写出了织女内心的思念之苦

    C. 织女因为思念牛郎，所以织布心不在焉

    D. 织女一整天也没织完一匹布

（四）简答

为什么说"皎皎"既是写景也是写人？

_____

_____

夜宿山寺

［唐］李白

危楼高百尺[1]，　　wēi lóu gāo bǎi chǐ,
手可摘星辰。　　　shǒu kě zhāi xīng chén。
不敢高声语[2]，　　bù gǎn gāo shēng yǔ,
恐惊天上人[3]。　　kǒng jīng tiān shàng rén。

创作背景

《夜宿山寺》创作于725年左右，这个时期李白到处游历，结交朋友，拜谒社会名流，希望得到引荐，实现政治理想和抱负。这首诗就是李白游历期间，夜晚留宿江心寺时，登上寺庙后一座藏经楼，凭栏远眺后所作。

注释

1. 危楼：高楼。百尺：虚指，不是实数，这里形容楼很高。
2. 语：说话。
3. 恐：害怕。惊：惊动。

译文

山上寺院的高楼好像有一百尺，人在楼上似乎一伸手就可以摘下天上的星星。（站在这里）不敢大声说话，害怕惊动了天上的神仙。

赏析

全诗语言浅显易懂，运用了夸张的手法，形象而又逼真地写出了山寺高楼的险峻与星夜的奇妙。

第一句"危楼高百尺",正面描绘寺楼高耸入云,突出了山寺非凡的气势。第二句"手可摘星辰",以夸张的手法来凸显寺楼之高,引发读者对夜空星光闪烁的想象,同时用星夜的灿烂美丽衬托高楼的雄伟。后两句"不敢高声语,恐惊天上人","不敢"与"恐惊"写出了诗人的心理状态,这种小心翼翼进一步凸显了楼之高,与天的距离之近。诗人借助想象,用"摘星辰""惊天人"这样质朴童真的语言,渲染寺楼的奇高,同时也将读者的审美视线引向星汉灿烂的夜空,展现出夜空的辽阔,甚至能感受到诗中"不敢高声语"的氛围,让人有身临其境之感。

练习与思考

(一)填空

1. 这首诗运用了_____的手法,写出了山寺高楼的_____与星夜的_____。
2. "恐"的意思是_____,"惊"的意思是_____。

(二)判断

1. 这首诗是李白在游览名山大川时,夜宿山间古寺有感而发所作。(   )
2. "危楼高百尺"的意思是危险的楼有一百尺那么高。(   )

(三)选择

1. 对于"手可摘星辰"这句诗理解正确的是_____。(可多选)
   A. 写出了寺楼之高　　　　　B. 使用了比喻的修辞手法
   C. 语言浅显易懂　　　　　　D. 引发对星空的想象
2. "不敢高声语,恐惊天上人"中_____和_____写出了诗人_____的心理状态。
   A. 高声/天上/无所顾忌　　　B. 高声/天上/小心翼翼
   C. 不敢/恐惊/无所顾忌　　　D. 不敢/恐惊/小心翼翼

(四)简答

如果夜里你在高楼上看星星,可以用哪两句诗来形容你所见到的景象?

_____

_____

三、风与雨

（一）风

秋　风　引[1]

[唐] 刘禹锡

何处秋风至[2]？　　hé chù qiū fēng zhì？
萧萧送雁群[3]。　　xiāo xiāo sòng yàn qún。
朝来入庭树[4]，　　zhāo lái rù tíng shù，
孤客最先闻[5]。　　gū kè zuì xiān wén。

创作背景

刘禹锡曾经因为被贬官在南方生活了很长一段时间，这首诗就是创作于这一时期。诗人因秋风起、雁南飞而深受触动，有感思乡之情而作。

注　释

1. 引：一种文学或乐曲体裁，有序奏之意，即引子，开头。
2. 至：到。
3. 萧萧：形容风吹树木的声音。
4. 朝：清晨。庭树：庭院里的树木。
5. 孤客：孤独的游子，这里指诗人自己。闻：听到。

译　文

不知秋风是从哪里吹来，萧萧地送来了一群群大雁。清晨秋风吹到庭院里的树木上，孤独的游子最先听到了秋声。

赏析

这首诗借景抒情，围绕秋风展开描写，表达了身在异乡的孤独游子思归之心。

第一句"何处秋风至"，以问句开篇，体现出秋风不知来处、忽然而至的特征。第二句"萧萧送雁群"，写耳听之风声和眼观之雁群，通过听觉和视觉，将无形的秋风变为可听见、可看见之物，同时以南飞的雁群寄托思乡之情。后两句"朝来入庭树，孤客最先闻"，由远到近，把视线从空中的"雁群"移向地面的"庭树"，再集中到独居他乡的游子。风动庭树，木叶萧萧，无形的秋风已经来到了庭院，游子对时序与物候有着特殊的敏感，"最先"两字画龙点睛，暗示了对故乡与亲人的思念。

练习与思考

（一）填空

1. 这首诗中出现的意象有＿＿＿＿＿＿＿＿，其中＿＿＿＿＿寄托了思乡之情。
2. "萧萧"用来形容＿＿＿＿＿＿的声音，"孤客"指的是＿＿＿＿＿＿。

（二）判断

1. 诗题"秋风引"的意思是引用其他作品中关于秋风的描写来写诗。（　　　）
2. 这首诗写于诗人被贬官后在南方生活的时期，蕴含了浓浓的思乡之情。

（　　　）

（三）选择

1. "萧萧送雁群"所用的创作手法是＿＿＿＿＿＿。
   A. 动静结合　　　B. 以乐景写哀情　　　C. 视听结合　　　D. 侧面烘托
2. "朝来入庭树，孤客最先闻"中的＿＿＿＿＿＿两字画龙点睛，写出了思乡怀亲之情。
   A. 朝来　　　　B. 庭树　　　　C. 孤客　　　　D. 最先

（四）简答

请根据你自己的体会并结合对这首诗的理解，说一说为什么诗中认为旅居在外的游子会最先听到秋风的声音。

泊船瓜洲[1]

［宋］王安石

京口瓜洲一水间[2]，　jīng kǒu guā zhōu yì shuǐ jiān,
钟山只隔数重山[3]。　zhōng shān zhǐ gé shù chóng shān。
春风又绿江南岸[4]，　chūn fēng yòu lǜ jiāng nán àn,
明月何时照我还？　míng yuè hé shí zhào wǒ huán？

创作背景

王安石被任命为宰相推行变法，但是由于反对势力的攻击，两度罢相。一般认为这首诗创作于1075年春天，也就是王安石第二次进京准备担任宰相的时候。

注释

1. 泊船：停船。瓜洲：地名，在长江北岸，扬州南郊。
2. 京口：地名，故址在今江苏镇江。一水间：隔一条江。
3. 数重：几座。
4. 绿：使……变绿，吹绿。

译文

京口和瓜洲之间只隔一条长江，钟山就隐没在几座山的后面。春风又吹绿了大江南岸，明月什么时候才能照着我回到钟山下的家里呢？

赏析

这首诗描绘了江南春天的景色,借景抒情,表达了诗人对故乡的眷恋和期盼早日回到故乡的心情。

前两句"京口瓜洲一水间,钟山只隔数重山",写的是诗人站在瓜洲渡口向南望去,觉得京口、钟山与他距离并不远,只是相隔"一水间"与"数重山"而已。第三句"春风又绿江南岸"描绘了江岸美丽的春天景色,因为这次诗人奉召回京,所以"春风"既是写实,又比喻皇恩。其中"绿"字富于表现力,一方面,它把看不见的春风转换成鲜明的视觉形象,写出了春风的精神,另一方面,它寄托了诗人想要借助"春风"实现变法新局面,期待一切顺利的愿望。最后一句"明月何时照我还",从日景写到夜景,以疑问的语气,融入明月的意象,再次表达思乡之情。

练习与思考

(一)填空

1. 表现出诗人觉得京口、钟山与他距离并不远的两个词是"_____"与"_____"。
2. 诗作的最后一句写的是_____景,其中_____意象表达了思乡之情。

(二)判断

1. 这首诗中"绿"的意思是嫩绿的颜色。（　　）
2. 王安石创作这首诗的目的是表达对朝廷的失望与个人前途的迷茫。（　　）

(三)选择

1. 《泊船瓜洲》使用了_____的创作手法。
   A. 托物言志　　B. 色彩对比　　C. 借景抒情　　D. 气氛渲染
2. 下面不属于诗中"绿"字使用效果的是_____。
   A. 寄托了诗人期待一切顺利的愿望　　B. 写出了春风的精神
   C. 表达了失落的心情　　D. 把春风转换成视觉形象

(四)简答

说一说你对这首诗中"春风"意象的理解。

（二）雨

春夜喜雨

[唐] 杜甫

好雨知时节[1]，　　hǎo yǔ zhī shí jié,
当春乃发生[2]。　　dāng chūn nǎi fā shēng。
随风潜入夜[3]，　　suí fēng qián rù yè,
润物细无声[4]。　　rùn wù xì wú shēng。
野径云俱黑[5]，　　yě jìng yún jù hēi,
江船火独明。　　　jiāng chuán huǒ dú míng。
晓看红湿处[6]，　　xiǎo kàn hóng shī chù,
花重锦官城[7]。　　huā zhòng jǐn guān chéng。

创作背景

这首诗创作于761年春天。杜甫经过一段时间漂泊不定的生活后，来到四川成都定居，开始了较为安定的生活。创作这首诗时，他已经在成都草堂定居两年。在此期间杜甫亲自耕作，种菜养花，与农民交往，对春雨感情很深。

注释

1. 知：明白，知道。
2. 当：遇到。乃：就。发生：萌发生长。
3. 潜：暗暗地，悄悄地。
4. 润物细无声：无声地滋润着万物，现在常常用来比喻教书育人的时候给学生带来潜移默化的影响。
5. 野径：田野间的小路。
6. 晓：天刚亮的时候。红湿处：雨水沾湿的花丛。
7. 花重：花饱含雨水而显得沉重。

译文

好雨知道应该下雨的节气，正当春天植物萌发生长的时候就下起来。随着春风在夜里悄悄落下，无声地滋润着万物。田间小路笼罩着黑云，只有江船上的灯火独自明亮。（第二天）天刚亮的时候看着被雨水沾湿的花丛，红美娇艳，整个锦官城都变成了繁花的世界。

赏析

这首诗运用拟人的手法，描写了入夜而至的春雨，细腻生动，表达出诗人对及时而来、滋润万物的"好雨"的喜爱之情。

首联"好雨知时节，当春乃发生"，"好"字统领全篇，表现出对春雨的赞美；"知"字则把春雨拟人化，似乎它能感知自然界万物的需要，"知"和"乃"互相呼应，传递出诗人喜雨的心情。颔联"随风潜入夜，润物细无声"，"潜""润""细"生动地写出了春雨的特点；"潜入夜"和"细无声"表明春雨选择了一个不打扰人们工作和劳动的时间悄悄地到来，在人们安睡的夜晚无声地落下，确实是"好雨"。颈联"野径云俱黑，江船火独明"，描绘了一幅极其生动的雨中夜景图，"黑"与"明"相互映衬，一暗一明，对比强烈，而"俱"字和"独"字又突出了这种景象。尾联"晓看红湿处，花重锦官城"，是对第二天雨后情景的想象，"红湿""花重"充分体现了诗人敏锐的观察力和细腻的感受力。

练习与思考

（一）填空

1. "知"字运用了_____手法，传递出诗人_____的心情；"花重"写出了_____的样子。
2. 表明春雨选择了不打扰人们的时间悄悄地到来的两个词是_____。

（二）判断

1. "晓看红湿处，花重锦官城"描写的是下雨当天诗人看到雨中繁花盛开的景色，体现了诗人的观察力和感受力。（   ）
2. "润物细无声"现在常常用来比喻教书育人的时候给学生带来潜移默化的影响。（   ）

（三）选择

1. "好雨知时节，当春乃发生"中的_____字统领全篇，表现出对春雨的赞美。

   A. 好　　　　　B. 知　　　　　C. 当　　　　　D. 乃

2. "野径云俱黑，江船火独明"使用了_____的手法描绘了一幅生动的雨中夜景图。

   A. 借景抒情　　B. 动静结合　　C. 明暗对比　　D. 同色烘托

（四）简答

请选择诗中的3—4个词语写一个句子，描绘春雨的特点。

_____

_____

夜雨寄北[1]

［唐］李商隐

君问归期未有期[2]，　　jūn wèn guī qī wèi yǒu qī,
巴山夜雨涨秋池[3]。　　bā shān yè yǔ zhǎng qiū chí.
何当共剪西窗烛[4]，　　hé dāng gòng jiǎn xī chuāng zhú,
却话巴山夜雨时[5]。　　què huà bā shān yè yǔ shí.

创作背景

李商隐身在巴蜀的时候，妻子与亲友都在遥远的长安（今陕西省西安市）。秋天的夜雨之中，李商隐的思乡怀亲之情更加浓重，于是创作了这首诗。

注释

1. 寄北：写诗寄给北方的人。李商隐当时在巴蜀（今四川省），他的妻子与亲友都在长安，所以说"寄北"。
2. 归期：回家的日期。
3. 巴山：这里指的是四川一带。秋池：秋天的池塘。
4. 何当：什么时候。共：一起。共剪西窗烛：意思是一起在西窗下一边剪烛一边谈心。剪烛：剪去燃焦的烛芯，使烛光明亮。"剪烛西窗"用作成语，指思念远方妻子，盼望相聚长谈离别之情，后来泛指亲友相聚畅谈。
5. 却话：回头说，追述。

译文

你问我回家的日期是什么时候,我还没有确定时间。巴山的夜雨一直下,雨水涨满了秋天的池塘。

什么时候才能和你一起在西窗下一边剪烛一边谈心,到那时候我再对你说一说,今晚在巴山听着夜雨,是如何想念你。

赏析

这首诗语言朴实,虚实结合,描写了诗人身处巴山听到秋雨时的孤寂凄凉,又想象了将来团聚之时的幸福欢乐,表现出情感的曲折变化。

首句"君问归期未有期",在短短的7个字中,一问一答,表现出客居在外的诗人离别的愁苦、不能确定归期的无奈与思念的深切。次句"巴山夜雨涨秋池"情景交融,一场秋雨一场寒,秋雨本就给人冰冷的感觉,而且还是夜里的雨,更增加一层寒意,这秋雨落在屋外的池塘中,也落在了诗人的心中,孤灯听雨、长夜无眠的诗人更加思念远方的妻子。最后两句"何当共剪西窗烛,却话巴山夜雨时","何当"将诗人描绘的情景推向了远方,推向了虚处,时空变换,用想象之中将来共处的喜悦来反衬秋夜雨中的相思之苦,采用了虚实结合的表现手法,无一"思"字也无一"情"字,却处处含"思"含"情"。

练习与思考

(一)填空

1. "归期"的意思是_____,"何当"的意思是_____。
2. "君问归期未有期",一问一答,表现出诗人离别的_____、不能确定归期的_____与思念的_____。

(二)判断

1. 这首诗的前两句反映了离家的诗人在夜里听到秋雨时的孤寂凄凉。(   )
2. 诗中"共剪西窗烛"描写的是真实发生的情景,说明他充分感受到了团聚之时的幸福欢乐。(   )

(三)选择

1. 下面对于"巴山夜雨涨秋池"理解正确的是_____。(可多选)
   A. 夜雨使池水涨满,让诗人烦恼

B. 使用了情景交融的创作手法

C. 夜里的秋雨更增加了寒意

D. 夜雨让诗人更加思念远方的妻子

2. 这首诗采用了_____的表现手法，其中_____。

A. 虚实结合 /"君问归期未有期"是虚写

B. 虚实结合 /"何当共剪西窗烛"是虚写

C. 今昔对比 /"君问归期未有期"是昔日情景

D. 今昔对比 /"何当共剪西窗烛"是昔日情景

（四）简答

请说一说这首诗中所描写的秋日夜雨给你带来的感受。

_____

_____

四、山与水

（一）山

望 岳

[唐]杜甫

岱宗夫如何[1]？	dài zōng fú rú hé？
齐鲁青未了[2]。	qí lǔ qīng wèi liǎo。
造化钟神秀[3]，	zào huà zhōng shén xiù，
阴阳割昏晓[4]。	yīn yáng gē hūn xiǎo。
荡胸生层云[5]，	dàng xiōng shēng céng yún，
决眦入归鸟[6]。	jué zì rù guī niǎo。
会当凌绝顶[7]，	huì dāng líng jué dǐng，
一览众山小[8]。	yì lǎn zhòng shān xiǎo。

创作背景

736年，杜甫开始漫游齐、赵、燕、鲁（今河南、河北、山东等地）。这首诗就是在途中所作。

注 释

1. 岱宗：对泰山的尊称。泰山又名岱山，在今山东省泰安市，古代以泰山为五岳之首，诸山所宗，所以又称"岱宗"。夫：语气词，强调疑问语气。

2. 齐鲁：春秋时期的齐国和鲁国，泰山是两国的分界。青：青翠的山色。未了：没有尽头。
3. 造化：大自然的景物。钟：聚集。神秀：神奇秀美。
4. 阴阳：山北是阴，山南是阳，这里指泰山的山北与山南。割：分割，分开。昏晓：黄昏和清晨。
5. 荡胸：令人胸怀激荡。
6. 决眦：形容极力张大眼睛的样子。眦：眼角。决：裂开。入：收入眼中。
7. 会当：一定要。凌：登上。绝顶：山顶。
8. 小：以……为小，认为……小。

译文

五岳之首泰山的景色怎么样？在齐鲁大地上，青翠的山色没有尽头。大自然把神奇秀美都聚集在这里，山北与山南明暗很不相同，就好像分割了黄昏与清晨。层层云气升腾，令人胸怀激荡；极力睁大眼睛，将小鸟飞归山间的景色收入眼中。一定要登上泰山山顶，俯瞰周围显得渺小的群山。

赏析

首联"岱宗夫如何？齐鲁青未了"是仰慕的远望，使用设问句开篇，接着写古代齐鲁两国的国境外还能望见的泰山，凸显泰山的绵延辽阔。颔联"造化钟神秀，阴阳割昏晓"是细致的近望，"钟"与"割"把天地万物写活了，仿佛大自然特别钟爱泰山，把神奇秀美都给了这座山，而泰山又好像能主宰天色，把昏与晓分开在山的阴面与阳面，表现出泰山的高峻雄伟。颈联"荡胸生层云，决眦入归鸟"是聚精会神的凝望，"决眦"二字尤为传神，生动地体现了诗人为眼前的美景所吸引，着迷得使劲睁大眼睛的样子。尾联"会当凌绝顶，一览众山小"是想象之中将来登山俯望所见的景象，再一次写出了泰山的雄姿，同时表达了诗人想登上山顶一揽大好河山的心情，抒发了远大的抱负。

练习与思考

（一）填空

1. 这首诗围绕着"望"字展开描写，分为_____、_____、_____、_____

4个层次。

2. "造化"的意思是_____,"神秀"的意思是_____。

(二) 判断

1. "岱宗夫如何？齐鲁青未了"中"岱宗"指的是泰山,这两句诗使用了反问的修辞手法。   (   )
2. 山南是阳,山北是阴,"阴阳"在诗中用来指泰山的山南与山北。(   )

(三) 选择

1. _____生动地体现了诗人使劲睁大眼睛观赏美景的样子。

   A. 齐鲁青未了

   B. 造化钟神秀

   C. 荡胸生层云

   D. 决眦入归鸟

2. 下面对于"阴阳割昏晓"理解正确的是_____。(可多选)

   A. 表现了泰山的高峻雄伟

   B. 在诗人看来泰山好像能主宰天色

   C. 细致地近望泰山时候所见

   D. 使用了比喻的修辞手法

(四) 简答

写出这首诗的最后两句,并说一说你在什么情况下会使用这两句诗。

_____

_____

题西林壁[1]

[宋]苏轼

横看成岭侧成峰[2]，　héng kàn chéng lǐng cè chéng fēng,
远近高低各不同。　　yuǎn jìn gāo dī gè bù tóng。
不识庐山真面目[3]，　bù shí lú shān zhēn miàn mù,
只缘身在此山中[4]。　zhǐ yuán shēn zài cǐ shān zhōng。

创作背景

宋以前的诗歌传统是以抒情言志为主，到了宋朝出现了以言理为特色的新诗风，这类诗的特点是语浅意深，因物寓理。1084年，苏轼赴汝州时经过九江，与友人一起游览庐山，神奇的山景使他诗兴大发，写下了若干首庐山纪游诗，这首借景说理的《题西林壁》就是其中之一。

注释

1. 题西林壁：写在西林寺的墙壁上。题：书写，题写。西林：西林寺，庐山上的一座寺庙。
2. 横看：从正面看。
3. 不识：不能认识，辨别。真面目：指庐山真实的景色、形状。
4. 缘：因为，由于。此山：这座山，指庐山。

译文

从正面看庐山山岭连绵起伏，从侧面看山峰耸立，远处、近处、高处、低处看，都是不同的样子。看不清庐山的真实景色，只是因为身处在庐山之中。

赏析

这首诗描写了庐山千姿百态的面貌，并且即景说理，是写景诗也是哲理诗。

前两句通过不同角度与不同方位的观看，描绘了庐山"远近高低各不同"的形态变化，从不同角度看到的庐山面貌是不同的，有时是连绵的山岭，有时是高耸的山峰。后两句写出了作者思考以后的感悟：出现这种观感的原因是"身在此山中"，因为身在庐山之中，视线被庐山限制，也就是说，只有远离庐山，不被群山包围，才能看出庐山的真正样子。因此，带给人们哲理的启示：观察与认识事物应该客观全面，要突破主观片面的局限。

练习与思考

（一）填空

1. 这首诗描写了庐山_____的面貌，庐山既有_____的山岭，又有_____的山峰。
2. "横看"的意思是_____，"真面目"的意思是_____。

（二）判断

1. "题西林壁"的意思是在庐山西林寺的墙壁上书写诗。　　　　　　（　　）
2. "只缘身在此山中"中的"缘"的意思是缘分。　　　　　　　　　（　　）

（三）选择

1. 这首诗_____，既描写了_____，又表达了作者思考以后的感悟。

   A. 即景说理/西林寺风景　　　　B. 即景说理/庐山山景
   C. 抒情言志/西林寺风景　　　　D. 抒情言志/庐山山景

2. 下面对于"不识庐山真面目，只缘身在此山中"理解不正确的是_____。

   A. 因为身在庐山之中，视线被庐山限制，所以才会导致"不识庐山真面目"
   B. 只有在不被群山包围的情况下，才能看出庐山的真正样子
   C. 这是诗人经过自己的细致观察之后，对于庐山风景的客观描写
   D. 观察与认识事物应该客观全面，要突破主观片面的局限

（四）简答

请说一说读过这首诗之后，你对庐山的山景留下了什么印象。什么情况下你会使用"不识庐山真面目，只缘身在此山中"这两句诗来表达自己的感受？

（二）水

观 沧 海[1]

[汉] 曹操

东临碣石[2]，以观沧海。	dōng lín jié shí，yǐ guān cāng hǎi。
水何澹澹[3]，山岛竦峙[4]。	shuǐ hé dàn dàn，shān dǎo sǒng zhì。
树木丛生，百草丰茂。	shù mù cóng shēng，bǎi cǎo fēng mào。
秋风萧瑟[5]，洪波涌起[6]。	qiū fēng xiāo sè，hóng bō yǒng qǐ。
日月之行，若出其中[7]。	rì yuè zhī xíng，ruò chū qí zhōng。
星汉灿烂[8]，若出其里。	xīng hàn càn làn，ruò chū qí lǐ。
幸甚至哉[9]，歌以咏志[10]。	xìng shèn zhì zāi，gē yǐ yǒng zhì。

创作背景

207年，曹操征伐乌桓取得胜利，回程途中他登上秦始皇与汉武帝曾经登过的巨石，心情像沧海一样难以平静，于是写下了这首诗。

注释

1. 沧：通"苍"，青绿色。
2. 临：登上。
3. 何：多么。澹澹：水波摇动的样子。
4. 竦峙：高高地挺立。竦：通"耸"，高。
5. 萧瑟：树木被秋风吹的声音。
6. 洪波：巨大的波浪。

7. 若：好像。
8. 星汉：银河。
9. 幸：庆幸。甚：非常。至：极点。
10. 歌：创作诗歌。咏：吟咏，表达。

译文

东行登上碣石山，观赏苍茫的大海。海水浩浩荡荡，海中的山岛高耸挺立。周围树木茂密，百草非常繁盛。萧瑟的风声中草木摇动，巨大的波浪在海中翻涌。

太阳和月亮好像从大海中升起降落。银河里灿烂的群星好像也从大海里涌现出来。非常庆幸啊，就创作诗歌来表达内心的志向吧。

赏析

这首诗描写了碣石山下的壮丽海景和山色，分为实写和虚写两部分，大海、山岛与树木是实写，日月、星汉是虚写，虚实结合，情景交融，抒发了诗人开阔的胸襟和宏伟的抱负。

开篇两句中"碣石"与"观"说明了位置居高临海，视野开阔，大海景色一览无余。中间六句动静结合，描写诗人所见到的实景，没有悲秋的伤感，反而写出了海的气势与秋的美好。"水何澹澹"与"洪波涌起"写出了大海波涛汹涌澎湃的气势，与上一句中"观沧海"相呼应，是动态的景色；"山岛竦峙"与"树木丛生，百草丰茂"则是静态的景色，"竦峙"突显岛之雄伟，"丛生"与"丰茂"则呈现出秋日的勃勃生机。接下来四句"日月之行，若出其中。星汉灿烂，若出其里"，从眼前所见展开想象，描写大海吞吐日月星辰的虚景，赞美大海包蕴万千，在展现出一幅宏伟图景的同时，也暗含着诗人建功立业的雄心壮志。

练习与思考

（一）填空

1. "澹澹"的意思是_____，"竦峙"的意思是_____。

2. 这首诗描写海景山色，抒发心中抱负，使用了_____结合，_____交融的创作手法。

（二）判断

1. 《观沧海》表现了诗人在大海边悲秋伤感的心绪。（　　）
2. "水何澹澹"与"洪波涌起"写出了大海波涛汹涌澎湃的气势。（　　）

（三）选择

1. "东临碣石，以观沧海"这两句诗_____。

    A. 交代了观海的时间、地点与人物

    B. 描绘了大海无边无际的壮丽景色

    C. 点明全诗主旨，以"观"字统领全篇

    D. 抒发了诗人建功立业的豪情壮志

2. 下面对于《观沧海》理解不正确的是_____。

    A. "水何澹澹"与"洪波涌起"写出了大海波涛汹涌澎湃的气势。

    B. "山岛竦峙"与"树木丛生，百草丰茂"是静态的景色。

    C. 大海、山岛与树木是虚写，日月、星汉是实写。

    D. 全诗意境开阔，气势雄浑，让我们感受到诗人的博大胸襟和远大的政治抱负。

（四）简答

请使用《观沧海》中的3—5个词语写一个句子，描绘你心目中的大海。

_____

_____

饮湖上初晴后雨二首（其二）[1]

[宋] 苏轼

水光潋滟晴方好[2]，　　shuǐ guāng liàn yàn qíng fāng hǎo，
山色空蒙雨亦奇[3]。　　shān sè kōng méng yǔ yì qí。
欲把西湖比西子[4]，　　yù bǎ xī hú bǐ xī zǐ，
淡妆浓抹总相宜[5]。　　dàn zhuāng nóng mǒ zǒng xiāng yí。

创作背景

1071—1074年苏轼在杭州任职，写下了大量有关西湖的诗，这首诗就是其中之一，创作于1073年。苏轼选择了四大美女中的西施来比喻西湖，一是西施的家乡在浙江诸暨，离西湖不远；二是西施和西湖都有个"西"字。

注释

1. 饮湖上：在西湖的船上饮酒。
2. 潋滟：水面波光闪动的样子。方好：正显得美丽。
3. 空蒙：细雨迷蒙的样子。亦：也。奇：奇妙。
4. 欲：如果。西子：西施，中国古代四大美女之一。

5. 淡妆浓抹：淡雅和浓艳两种不同的妆饰，诗中用"淡妆"比喻雨天的西湖，"浓抹"比喻晴天的西湖。总相宜：总是很合适。

译文

天晴时的西湖，水面波光闪动，显得十分美丽；细雨中的西湖，周围的群山迷迷茫茫，也非常奇妙。如果把西湖比作美人西施，无论是淡妆还是浓妆都是那么适合。

赏析

这首诗描绘了西湖在晴、雨两种天气中的不同景色，表达了诗人对于西湖美景的喜爱与赞美。

前两句用白描的手法写天晴和下雨的时候，观感完全不同的西湖美景。"水光潋滟"描写西湖波光闪动的水色，"山色空蒙"描写雨天迷茫绮丽的山色，"晴方好"和"雨亦奇"既是评论，也可以引发人们对于西湖美的想象，两句诗对仗非常工整。后两句将西湖之美与西施之美相比，这个比喻将物比作人，融情入景，形象地呈现出西湖雨天"淡抹"与晴日"浓妆"的迷人神韵，同时又与"空蒙""潋滟"相呼应。这一贴切的比喻，被宋人称为"道尽西湖好处"，以至"西子湖"成了西湖的别名。

练习与思考

（一）填空

1. "潋滟"形容＿＿＿＿＿＿的样子，"空蒙"形容＿＿＿＿＿＿的样子。
2. 这首诗的前两句使用了＿＿＿＿的手法，对仗＿＿＿＿。

（二）判断

1. "水光潋滟晴方好，山色空蒙雨亦奇"分别描写了晴日和雨天的西湖美景。（   ）
2. "淡妆浓抹总相宜"描写的是古代四大美人之一西施之美。（   ）

（三）选择

1. 这首诗将＿＿＿＿比作＿＿＿＿，其中"淡妆"比喻＿＿＿＿，"浓抹"比喻＿＿＿＿。

   A. 西湖/西子/雨天的西湖/晴日的西湖

B. 西湖／西子／晴日的西湖／雨天的西湖

C. 西子／西湖／雨天的西湖／晴日的西湖

D. 西子／西湖／晴日的西湖／雨天的西湖

2. 下面哪些选项是对仗？_____（可多选）

A. "水光"与"山色"

B. "空蒙"与"潋滟"

C. "晴方好"与"雨亦奇"

D. "比西子"与"总相宜"

（四）简答

请说一说你喜欢这首诗描写的哪一种西湖风景，为什么？

_____

_____

第七章　人生情感

一、怀古与家国情

出塞二首（其一）[1]

[唐]王昌龄

秦时明月汉时关[2]，　　qín shí míng yuè hàn shí guān，
万里长征人未还[3]。　　wàn lǐ cháng zhēng rén wèi huán。
但使龙城飞将在[4]，　　dàn shǐ lóng chéng fēi jiàng zài，
不教胡马度阴山[5]。　　bú jiào hú mǎ dù yīn shān。

创作背景

盛唐时期，大部分边塞诗都体现出必胜自信与积极向上的精神，但是频繁的边塞战争也使人民不堪重负，渴望和平。王昌龄在西域时创作的这首边

塞诗就反映了诗人对于起用良将，早日平息边塞战事，让百姓过上安定生活的强烈愿望。

注释

1. 塞：边界上险要的地方。
2. 秦时明月汉时关：使用了互文见义的修辞手法，意思是秦汉时代的明月和边关，暗指边疆地区战争不断。
3. 长征：长途征战。
4. 但使：只要。龙城飞将：汉朝名将李广，被称为"飞将军"。
5. 不教：不叫，不让。胡马：侵扰内地的外族骑兵。度：越过。阴山：现在内蒙古自治区中部的山脉，过去是汉代政权和少数民族政权的分界之一。

译文

依旧是秦汉时代的明月与边关，离家万里长途征战的将士没能回来。只要龙城飞将李广将军还在边关驻守，一定不会让敌人的战马越过阴山。

赏析

第一句"秦时明月汉时关"，展现出一幅清冷月光照边关的景象，秦、汉、关、月4字交错使用，互文见义，暗示着长期以来边疆的战争都没有停止过。第二句"万里长征人未还"，由"月"和"关"触景生情，"万里"强调边塞和内地距离遥远，"人未还"则突显了持续不断的战争给老百姓带来的灾难，表达了诗人的同情。后两句"但使龙城飞将在，不教胡马度阴山"，"龙城飞将"指汉代名将李广，此处既呼应了第一句中的"汉时关"，又用来代指众多优秀将领，说明"不教胡马度阴山"不仅是汉代老百姓的愿望，同时也是历朝历代老百姓的共同愿望，非常具有历史感。

练习与思考

（一）填空

1. "但使"的意思是_____，"不教"的意思是_____。
2. "龙城飞将"是指汉朝名将李广，被称为_____，呼应了第一句中的

_____。

(二)判断

1. "秦时明月汉时关"暗示着长期以来边疆战争都没有停止过。（   ）
2. "不教胡马度阴山"写出了不同时代老百姓的共同愿望。（   ）

(三)选择

1. "秦时明月汉时关"运用了_____的写作手法。

    A. 对偶

    B. 互文

    C. 比喻

    D. 拟人

2. 下面对于"万里长征人未还"理解正确的是_____。（可多选）

    A. 用"万里"强调边塞和内地距离遥远

    B. 突显了战争给老百姓带来的灾难

    C. 反映了希望出征的战士早日归来的心情

    D. 表达了诗人对于遭受战争创伤的老百姓深深的同情

(四)简答

盛唐时期大部分边塞诗都体现出必胜自信与积极向上的精神，请说一说王昌龄这首边塞诗的独特之处。

_____

_____

乌 衣 巷[1]

[唐] 刘禹锡

朱雀桥边野草花[2]，　　zhū què qiáo biān yě cǎo huā，
乌衣巷口夕阳斜[3]。　　wū yī xiàng kǒu xī yáng xiá。
旧时王谢堂前燕[4]，　　jiù shí wáng xiè táng qián yàn，
飞入寻常百姓家[5]。　　fēi rù xún cháng bǎi xìng jiā。

创作背景

826年，刘禹锡返回洛阳途中经过金陵（今江苏南京），写下了一组诗，名为《金陵五题》，这首诗是其中的第二首。

注释

1. 乌衣巷：晋代王导和谢安两家豪门大族居住的地方，因为两族子弟都喜欢穿乌衣以显身份尊贵，得名"乌衣巷"。
2. 朱雀桥：六朝时秦淮河上有24座浮桥，朱雀桥是最大、最重要的一座，称为"大航"，因为面对都城正南门朱雀门得名。
3. 夕阳斜：夕阳西下。

4. 王谢：王家和谢家，东晋时期非常尊贵显赫的两个家族。
5. 寻常：平常、普通。

译文

朱雀桥边长满了野草和野花，乌衣巷口正是夕阳西下的时候。从前在王导和谢安两大家族堂前筑巢的燕子，如今飞进了普通百姓家里。

赏析

这首诗通过描写乌衣巷的残败景象，借景抒情，感慨历史的兴衰变化。

首句"朱雀桥边野草花"用朱雀桥作为诗的开篇，与下一句的"乌衣巷"形成对仗，引发读者的历史联想，"野"字给景色增添了荒凉之感，表明过去繁华热闹的朱雀桥已经完全寂寥了。次句"乌衣巷口夕阳斜"，将夕阳作为描写乌衣巷的背景，营造出惨淡的氛围，"斜"字既写出了景色的动态，又增添了衰败感。

后两句"旧时王谢堂前燕，飞入寻常百姓家"，将视线转向飞燕，赋予了燕子历史见证人的身份，巧妙地把历史和现实联系起来；"寻常"特别强调了今日的居民之普通，与从前大家族的豪华大宅形成鲜明对比，是诗人对于世事沧桑、历史变迁的感慨。

练习与思考

（一）填空

1. 诗中两个形成对仗并引发读者的历史联想的地名是_____和_____。
2. 诗中将历史和现实联系起来的意象是_____，诗人赋予了这个意象_____的身份。

（二）判断

1. 这首诗借景抒情，感慨历史的兴衰变化。　　　　　　　　（　　）
2. "旧时王谢堂前燕"中的"王谢"是东晋时期的一位知名文人。（　　）

（三）选择

1. 下列对于"乌衣巷口夕阳斜"理解不正确的是_____。

　　A. 写出了景色的动态

　　B. 描绘了一幅令人向往的美丽风景

C. 营造氛围，增添衰败感

D. 将夕阳作为描写乌衣巷的背景

2. "飞入寻常百姓家"中特别使用"寻常"二字是为了_____。（可多选）

A. 将普通民居与豪华大宅形成今昔鲜明对比

B. 强调燕子在乌衣巷很常见

C. "寻常百姓"是一个典故

D. 突出世事沧桑、历史变迁

（四）简答

请说一说你对"朱雀桥边野草花"中"野"字的理解。

第七章 人生情感

春　望

[唐] 杜甫

国破山河在[1]，　　　guó pò shān hé zài,
城春草木深。　　　chéng chūn cǎo mù shēn。
感时花溅泪[2]，　　　gǎn shí huā jiàn lèi,
恨别鸟惊心[3]。　　　hèn bié niǎo jīng xīn。
烽火连三月[4]，　　　fēng huǒ lián sān yuè,
家书抵万金[5]。　　　jiā shū dǐ wàn jīn。
白头搔更短[6]，　　　bái tóu sāo gèng duǎn,
浑欲不胜簪[7]。　　　hún yù bú shèng zān。

创作背景

755年安史之乱开始，长安城内战火纷飞，繁华的城市变成了废墟；杜甫被俘后，被押送到沦陷后的长安，目睹了战争带来的萧条荒凉景象，百感交集，在757年春天写下了这首传诵千古的名作。

注　释

1. 国破：国都沦陷，指在安史之乱中唐朝都城长安和洛阳被敌人占领。
2. 感时：为国家的时局而感伤。溅泪：流泪。
3. 恨别：怅恨离别。

4. 烽火：边境报警的烟火，这里代指安史之乱的战火。
5. 家书：寄给家人或家人寄来的书信。抵：值，相当。
6. 搔：用手指轻轻地抓。
7. 浑：简直。胜：经受，承受。簪：一种束发的首饰。

译 文

国都沦陷国家破碎，只有山河依旧，春天来了，长安城里草木茂密。有感于战败的时局，看到花开流下了眼泪，怅恨离别的时候，听到鸟鸣都会胆战心惊。连绵的战火已经延续了三个月，一封家书值得上万两黄金。白发用手越抓越短，（稀疏得）简直不能插上发簪了。

赏 析

这首诗通过描写安史之乱中长安的荒凉景象，抒发了诗人忧国思家的感情，反映出对于和平安宁生活的向往。

首联"国破山河在，城春草木深"，开篇就描写了春望所见的长安城景象，"草木深"反映出昔日繁华的长安城如今人烟稀少，一片凄凉，突显了战争所带来的破坏。表面写眼前的景物，实际上借景抒情，表达了国破家亡的悲哀。颔联"感时花溅泪，恨别鸟惊心"，由远景写到近景，在诗人的笔下，花和鸟都因人而具有了哀怨之情，读来心情特别沉重。这里是以乐景写哀情，春花春鸟这样美好的景象更加增添了内心的伤痛。颈联"烽火连三月，家书抵万金"，"连"字强调了战争时间长并且持续不断，"万金"用夸张的手法表现了家书的珍贵，写出了战争中老百姓渴望得到家人音讯的共同心理，容易引发强烈的共鸣。尾联"白头搔更短，浑欲不胜簪"，诗人从国破城荒写到自己的衰老，头发变白变短而且稀疏了，通过头发的变化这样的细节描写，反映出忧国事、思家人的痛苦和愁怨。

练习与思考

（一）填空

1. 这首诗以象征着生机的春花和春鸟来抒发悲痛的情感，使用了_____ _____的写作手法。

2. "烽火连三月"中"连"字说明战争不仅_____而且_____。

（二）判断

1. 这首诗描写了安史之乱造成的破坏，抒发了诗人忧国思家的感情。（   ）
2. 诗人通过描写个人形象来反映内心情感的句子是"白头搔更短，浑欲不胜簪"。（   ）

（三）选择

1. 下面对于"国破山河在，城春草木深"理解正确的是＿＿＿＿。（可多选）

    A. 反映安史之乱后的长安城人烟稀少

    B. 借景抒情，表达了国破家亡的悲哀

    C. 突显了战争给城市所带来的破坏

    D. 展示出春天到来的一片大好风景

2. "家书抵万金"中"万金"运用了＿＿＿＿的修辞手法。

    A. 比喻　　　　B. 夸张　　　　C. 拟人　　　　D. 类比

（四）简答

写出这首诗给你留下印象最深的诗句，并说一说原因。

_____

_____

十一月四日风雨大作（其二）

［宋］陆游

僵卧孤村不自哀[1]，　　jiāng wò gū cūn bú zì āi，
尚思为国戍轮台[2]。　　shàng sī wèi guó shù lún tái。
夜阑卧听风吹雨[3]，　　yè lán wò tīng fēng chuī yǔ，
铁马冰河入梦来[4]。　　tiě mǎ bīng hé rù mèng lái。

创作背景

陆游出生在北宋灭亡之际，一生的理想就是收复国土、为国家建功立业。这首诗作于1192年，当时陆游68岁，在家乡居住多年，此时的他年迈体衰，在一个风雨大作的夜里，他在梦中实现了自己领兵作战、统一国家的愿望。

注释

1. 僵：僵硬。孤村：孤寂荒凉的村庄。不自哀：不为自己哀伤。
2. 尚：还。思：想着。戍轮台：在新疆一带防守，这里指守卫边疆。
3. 夜阑：夜深。
4. 铁马：披着铁甲的战马。冰河：冰封的河流，指北方地区的河流。

第七章 人生情感

译文

僵硬地躺在孤寂荒凉的村庄里，没有为自己的处境而感到悲哀，心中还想着替国家守卫边疆。夜深了，躺在床上听到风雨的声音，梦见自己骑上披着铁甲的战马跨过冰封的河流为国家出征。

赏析

这首诗把为国家恢复中原的理想寄托到梦境中，表达了作者报效祖国的壮志和老而不衰的爱国激情。

前两句"僵卧孤村不自哀，尚思为国戍轮台"，叙述了诗人的现实处境和精神状态，"僵卧孤村"写出了居住在乡间的他年老体弱、居于病榻、寂寞冷落的现状，但是即使在这样的情况下，他依旧"不自哀"，心中的理想依旧是保卫国家。后两句"夜阑卧听风吹雨，铁马冰河入梦来"，由夜里窗外的风雨声联想到了国家的风雨飘摇，同时"不自哀"的诗人日有所思、夜有所梦，以执念化梦的方式再现了"戍轮台"的情景。"入梦来"反映了现实的可悲，诗人满怀壮志不能实现，只能在梦境中为国杀敌。

练习与思考

（一）填空

1. 这首诗把_____寄托到梦境中，"铁马"的意思是_____。
2. 描写诗人梦中情景的诗句是"_____"，以_____的方式再现了"戍轮台"的情景。

（二）判断

1. "僵卧孤村"是现实的情况，"为国戍轮台"是心中的理想。（   ）
2. "夜阑卧听风吹雨"中的"夜阑"的意思是夜晚躺在床上。（   ）

（三）选择

1. 直接体现年老体弱的诗人心中保卫国家理想的诗句是_____。

   A. 僵卧孤村不自哀

   B. 尚思为国戍轮台

   C. 夜阑卧听风吹雨

   D. 铁马冰河入梦来

2. 下面对这首诗艺术手法的分析正确的是_____。
   A. 以叙事为主,通过讲述自己的生活经历来表达情感
   B. 语言华丽,辞藻堆砌,体现了陆游诗歌的独特风格
   C. "风吹雨"既指自然界的风雨,也象征着国家面临的危难
   D. 运用夸张的手法,描绘了夜里窗外的风雨之大

(四)简答

结合这首诗的创作背景,谈一谈诗人在这首诗中寄托了什么样的思想感情。
_____
_____

二、离别与友情

送杜少府之任蜀州[1]

[唐]王勃

城阙辅三秦[2],　　chéng què fǔ sān qín,
风烟望五津[3]。　　fēng yān wàng wǔ jīn。
与君离别意[4],　　yǔ jūn lí bié yì,
同是宦游人[5]。　　tóng shì huàn yóu rén。
海内存知己[6],　　hǎi nèi cún zhī jǐ,
天涯若比邻[7]。　　tiān yá ruò bǐ lín。
无为在歧路[8],　　wú wéi zài qí lù,
儿女共沾巾[9]。　　ér nǚ gòng zhān jīn。

创作背景

这首诗是王勃在长安时创作的。当时王勃的朋友要到四川任职,他在长安相送,临别时创作了这首诗相赠。

注　释

1. 少府:官名。之:到、往。
2. 城阙:城楼,指唐代都城长安。辅:护卫。三秦:长安城附近的关中之地。
3. 五津:指岷江的5个渡口,这里泛指蜀地。

4. 君：您，指杜少府。
5. 同：都。宦游：出外做官。
6. 海内：四海之内，指全国各地。
7. 天涯：天边，这里比喻极远的地方。比邻：近邻。
8. 无为：不要。歧路：岔路。
9. 沾巾：沾湿衣巾，指挥泪告别。

译文

京师长安由三秦地区保护着，在风烟迷茫之中遥望蜀地。和你离别，我心中充满了情意，因为我们都是出外做官的人。四海之内只要有知心的朋友，即使远在天边，也好像近邻一样。不要在路口分别的时候，像青年男女那样泪湿衣巾。

赏析

这首诗虽然是一首送别诗，但全无伤感之意，表现了友人之间真挚的情谊。

首联"城阙辅三秦，风烟望五津"，先写送别之地长安被辽阔的三秦地区所"辅"，突出了雄浑阔大的气势，再写友人将要前往的蜀地，"望"字在心理上拉近了长安与蜀地的距离，既然"五津"可望，那就不必为离别而忧伤。颔联"与君离别意，同是宦游人"，诗人将心比心，用两人处境相同、感情一致来安慰朋友，以减轻他的悲凉和孤独之感。颈联"海内存知己，天涯若比邻"是千古名句，运用了夸张的修辞手法，表现了诗人的乐观豁达，也说明了诚挚的友谊可以超越时空界限的哲理，给人安慰和鼓舞。尾联以"歧路"点明"送"的主题，与上一联的诗意相承接，劝慰友人满怀信心踏上旅程。

练习与思考

（一）填空

1. "宦游"的意思是_____，"无为"的意思是_____。
2. "城阙辅三秦，风烟望五津"中"辅"突出了_____的气势，"望"字在_____上拉进了两地之间的距离。

（二）判断

1. "三秦"指秦国附近的3个国家，"五津"指岷江的5个渡口。（   ）
2. "无为在歧路，儿女共沾巾"充满了离别的伤感，表明诗人因为与友人分别而流下了眼泪。（   ）

（三）选择

1. 对于"与君离别意，同是宦游人"理解正确的是_____。（可多选）

   A. 表达不得不外出做官的无奈心情

   B. 用相同的处境来安慰朋友

   C. 增加了朋友的心理负担

   D. 将心比心，减轻朋友的孤独感

2. "海内存知己，天涯若比邻"运用了_____的修辞手法，表现了诗人的_____，让远行的人能获得_____。

   A. 拟人／乐观豁达／昂扬的斗志

   B. 拟人／悲凉孤独／安慰和鼓舞

   C. 夸张／乐观豁达／安慰和鼓舞

   D. 夸张／悲凉孤独／昂扬的斗志

（四）简答

写出这首诗的颈联，并说一说在什么情况下你会使用这两句诗。

_____

_____

中国诗词 赏析与诵读

送元二使安西[1]

[唐] 王维

渭城朝雨浥轻尘[2],　　wèi chéng zhāo yǔ yì qīng chén,
客舍青青柳色新[3]。　　kè shè qīng qīng liǔ sè xīn。
劝君更尽一杯酒[4],　　quàn jūn gèng jìn yì bēi jiǔ,
西出阳关无故人[5]。　　xī chū yáng guān wú gù rén。

创作背景

王维的朋友元二奉命出使安西都护府（今新疆），王维在渭城为他送行，写下了这首七绝诗，后来有乐人谱曲，名为"阳关三叠"。

注　释

1. 元二：姓元，排行第二，王维的朋友。
2. 渭城：地名，在今陕西咸阳东北。朝雨：清晨下的雨。浥：湿。
3. 客舍：旅馆。柳色：柳树的色彩。"柳"与"留"谐音，可以表示挽留之意，因此，柳树或柳枝这类意象常常出现在古代的送别诗中，离别赠柳表示难分难舍、不忍心分别的心意。
4. 更尽：再喝干，再喝完。
5. 阳关：古代关名，在今甘肃敦煌西南。

译　文

渭城早晨的春雨沾湿了轻尘；客舍周围青青柳树的色彩格外清新。劝老朋友你喝干一杯送行的酒，向西出了阳关就难以遇到故旧亲人。

赏析

这首诗语言简洁，通过描写在旅馆为朋友送行时劝酒的情景，表达了诗人依依不舍的离别深情。

前两句"渭城朝雨浥轻尘，客舍青青柳色新"由清晨小雨、客舍柳树入手，描写了旅馆的风景，交代了送别朋友的时间、地点、天气以及气氛，清晨雨后柳枝翠绿，空气清新，为送别营造了典型的自然环境。客舍与出门在外的远行者密切相关，而柳树则是离别的象征，诗人选取这两个意象，是在特意关联送别的主题。后两句"劝君更尽一杯酒，西出阳关无故人"写离别，表面上看不出伤感，实际上深深的惜别之情都寄托在举杯劝酒这一动作之中，酒中不仅包含着诗人的不舍，也有对友人的真挚祝福和深切关心，可谓"此时无声胜有声"。

练习与思考

（一）填空

1. "浥"的意思是_____，"更尽"的意思是_____。
2. 由"渭城朝雨浥轻尘"这句诗可以知道，送别地点是_____，时间是_____，天气是_____。

（二）判断

1. "客舍青青柳色新"中"柳"与"留"谐音，可以表示挽留之意。（　　）
2. "西出阳关无故人"中的"故人"指的是已经去世的人。（　　）

（三）选择

1. 这首诗特意关联送别主题的两个意象是_____和_____。
   A. 朝雨/柳树　　　B. 朝雨/轻尘　　　C. 客舍/柳树　　　D. 客舍/轻尘
2. 下面对于"劝君更尽一杯酒"理解正确的是_____。（可多选）
   A. 寄托着深深的惜别之情　　　B. 酒中包含着不舍、祝福和关心
   C. 希望友人能借酒消愁　　　　D. 反映出对前途的担忧

（四）简答

请说一说为什么柳树或柳枝这类意象常常出现在古代的送别诗中。

_____

_____

黄鹤楼送孟浩然之广陵[1]

[唐]李白

故人西辞黄鹤楼[2]，　　gù rén xī cí huáng hè lóu，
烟花三月下扬州[3]。　　yān huā sān yuè xià yáng zhōu。
孤帆远影碧空尽，　　　gū fān yuǎn yǐng bì kōng jìn，
唯见长江天际流[4]。　　wéi jiàn cháng jiāng tiān jì liú。

创作背景

李白寓居湖北安陆期间，结识了年长他12岁的孟浩然，两人互相欣赏。730年三月的一天，李白得知孟浩然要去广陵（今江苏扬州），就与他在江夏（今湖北武汉）相会。当孟浩然乘船离开的时候，李白到江边相送，并创作了这首千古流传的诗作。

注释

1. 之：到、往。广陵：今江苏扬州。
2. 故人：老朋友。辞：辞别。
3. 烟花：形容春天柳絮如烟、百花鲜艳，指艳丽的春景。下：顺流向下而行。
4. 唯见：只看见。天际流：向天边奔流。天际：天边，天的尽头。

译文

老朋友在黄鹤楼与我辞别，在柳絮如烟、百花鲜艳的三月到扬州远游。孤船帆影渐渐消失在碧蓝的天空尽头，只看见长江向天边奔流。

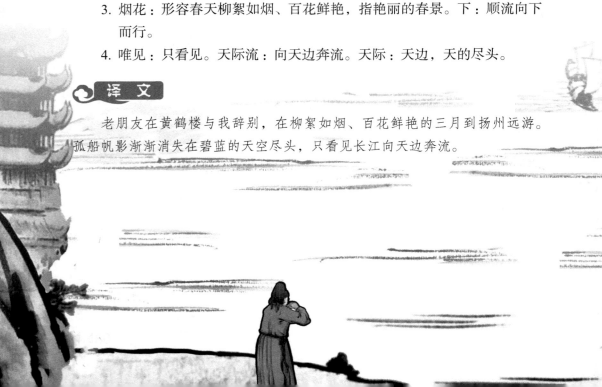

赏析

这首诗以绚丽的春色和浩瀚的长江作为背景，记录了一场诗意的送别。

第一句"故人西辞黄鹤楼"，点出送别的地点——传说仙人在此飞升的黄鹤楼，营造出诗意浪漫的氛围。第二句"烟花三月下扬州"，"烟花"描绘出一片生机盎然的美景，正是繁华的扬州城的春日写照，意境优美，同时表现出李白对扬州的向往之情，被称为"千古丽句"。后两句"孤帆远影碧空尽，唯见长江天际流"，用诗意的语言描写送别情景，形成了目送友人、舟行长江、孤帆远影、江流天际的画面，虽然没有提到友情，但是情景交融，传神地表现出诗人对友人的深厚情谊。

练习与思考

（一）填空

1. "下扬州"的意思是_____，"天际流"的意思是_____。
2. 这首诗中被称为"千古丽句"的诗句是_____。

（二）判断

1. 送别的地点安排在黄鹤楼，营造出诗意浪漫的氛围。（   ）
2. 诗的后两句用诗意的语言描写送别，情景交融。（   ）

（三）选择

1. 下面对于"烟花三月下扬州"理解正确的是_____。（可多选）

　　A. 用"烟花"比喻扬州迷人的夜景

　　B. 扬州的烟花表演非常壮观，孟浩然将前往观赏

　　C. 描绘了扬州柳絮如烟、百花鲜艳的春日景象

　　D. 表现出诗人对扬州的向往之情

2. "孤帆远影碧空尽，唯见长江天际流"形成的画面是_____。（可多选）

　　A. 孤船帆影渐渐消失　　　　　B. 诗人在江边目送

　　C. 长江向天边奔流　　　　　　D. 江边大浪滔天

（四）简答

选择这首诗中2—3个词语，说一说你对"一场诗意的送别"的理解。

别董大二首（其一）[1]

[唐] 高适

千里黄云白日曛[2]，　　qiān lǐ huáng yún bái rì xūn，
北风吹雁雪纷纷。　　　běi fēng chuī yàn xuě fēn fēn。
莫愁前路无知己，　　　mò chóu qián lù wú zhī jǐ，
天下谁人不识君[3]？　　tiān xià shuí rén bù shí jūn？

创作背景

747年冬天，高适与当时著名的琴师董庭兰相会之后，创作了送别诗《别董大二首》，本诗是第一首。

注释

1. 董大：一般认为指董庭兰，当时著名的音乐家，他在兄弟中排名第一，所以称为"董大"。
2. 白日曛：太阳昏暗无光。曛：曛黄，夕阳西沉时的昏黄景色。
3. 谁人：哪个人。君：您，指董大。

译文

千里黄云遮天，太阳昏暗无光，北风狂吹，大雁南飞，雪下得纷纷扬扬。不要担心前路茫茫没有知己，全天下哪一个人不认识您呢？

赏析

　　这首诗是一首送别之作，前两句写景深沉压抑，后两句抒情转向高远昂扬，鼓励友人踏上前途，迎接未来。

　　前两句"千里黄云白日曛，北风吹雁雪纷纷"呈现出落日黄云、大雪纷飞、北风狂吹的画面，让人如同置身于漫天风雪之中。"曛"字使画面非常压抑，而"雁"的意象则引人联想，雁总是群飞的，远行人心中常常会涌起孤雁离群、无依无助的孤独感。后两句"莫愁前路无知己，天下谁人不识君"使用因果倒置的表达方式，在即将分手之际，安慰董大以后一定会遇到知心朋友，既赞扬董大获得的美誉，又预言他的光明前途，感情质朴真诚。

练习与思考

（一）填空

1. 前两句诗呈现出＿＿＿＿＿＿、＿＿＿＿＿＿、＿＿＿＿＿＿的画面。
2. 后两句诗中，说明原因的诗句是＿＿＿＿＿＿＿＿＿，说明结果的诗句是＿＿＿＿＿＿＿＿＿。

（二）判断

1. 这首诗前两句写景，后两句抒情，情感由深沉压抑转向高远昂扬。（　　）
2. "千里黄云白日曛"中"曛"字表现了白天阳光灿烂的样子。（　　）

（三）选择

1. 下面对于"北风吹雁雪纷纷"理解不正确的是＿＿＿＿。（可多选）

   A. 描绘了北风中大雪纷飞的景象

   B. 烘托了离别时凄凉沉郁的氛围

   C. 凸显了冬日天气的复杂多变

   D. 以"雪纷纷"的寒冷烘托知己友情的可贵

2. "莫愁前路无知己，天下谁人不识君"这两句诗＿＿＿＿。（可多选）

   A. 使用因果倒置的表达方式　　B. 预言友人的光明前途

   C. 体现出质朴真诚的感情　　　D. 表达出不得不与友人分别的无奈

（四）简答

说一说这首送别诗中的"雁"意象有什么象征意义。

三、思念与爱情

关 雎

[周] 佚名

关关雎鸠[1]，在河之洲。　　guān guān jū jiū, zài hé zhī zhōu。
窈窕淑女[2]，君子好逑[3]。　　yǎo tiǎo shū nǚ, jūn zǐ hǎo qiú。
参差荇菜[4]，左右流之[5]。　　cēn cī xìng cài, zuǒ yòu liú zhī。
窈窕淑女，寤寐求之[6]。　　yǎo tiǎo shū nǚ, wù mèi qiú zhī。
求之不得，寤寐思服[7]。　　qiú zhī bù dé, wù mèi sī fú。
悠哉悠哉[8]，辗转反侧[9]。　　yōu zāi yōu zāi, zhǎn zhuǎn fǎn cè。
参差荇菜，左右采之。　　cēn cī xìng cài, zuǒ yòu cǎi zhī。
窈窕淑女，琴瑟友之。　　yǎo tiǎo shū nǚ, qín sè yǒu zhī。
参差荇菜，左右芼之[10]。　　cēn cī xìng cài, zuǒ yòu mào zhī。
窈窕淑女，钟鼓乐之[11]。　　yǎo tiǎo shū nǚ, zhōng gǔ yuè zhī。

创作背景

《关雎》是《诗经》中的一首诗，出自《国风·周南》，是《国风》中的第一篇作品，以雎鸠和荇菜起兴，描写男性对女性的思念与追求。《诗经》分为"风""雅""颂"三个部分，"风"就是各地的民歌。"周南"就是周王朝南部的地区。

注释

1. 关关：象声词，诗中用来形容雌雄雎鸠互相应和的鸣叫声。
2. 窈窕淑女：贤良美好的女子。窈窕：身材体态美好的样子。
3. 好逑：好的配偶。
4. 参差：长短不齐的样子。
5. 左右流之：时而向左时而向右地摘取荇菜，这里是用摘取荇菜暗喻君子追求淑女。流：同"求"，这里指摘取。
6. 寤寐：醒与睡，也可以说是日与夜。
7. 思服：思念。服：想。
8. 悠哉：意思是思念绵绵不断。
9. 辗转反侧：翻来覆去不能入眠。
10. 芼：摘取，挑选。
11. 钟鼓乐之：敲钟击鼓使她快乐。乐：使……快乐。

译文

关关应和鸣叫的雎鸠，在河中的小洲。贤良美好的女子，是君子好的配偶。

长短不齐的荇菜，时而向左时而向右地摘取它。贤良美好的女子，日日夜夜想追求她。努力追求却没办法得到，日日夜夜思念她。漫长的思念，叫人翻来覆去难入睡。

长短不齐的荇菜，时而向左时而向右地摘取它。贤良美好的女子，弹琴奏瑟来亲近她。长短不齐的荇菜，时而向左时而向右地摘取它。贤良美好的女子，敲钟击鼓使她快乐。

赏析

这首诗描述了一个"君子"对"淑女"的追求，既有男子追求不到女子时的苦闷和忧虑，又有幻想追求到女子后的喜悦和欢欣，表达出对美好婚姻的向往。

"关关雎鸠，在河之洲"，由雎鸠雌雄应和鸣叫的景象起兴，引出男子喜爱女子的联想，预示美满的情感和婚姻。"参差荇菜，左右流之"，通过采荇菜引出男子对女子的追求与相思，努力摘取荇菜暗喻男子用尽全力追求女子，

"寤寐思服"和"辗转反侧"将心动之后的男子日思夜想、无法入睡的情景，描写得生动形象。最后写的是男子弹奏琴瑟，以音乐作为媒介亲近女子，还因为思念过度产生了幻想，想象与心爱的女子成婚，在婚礼上以钟鼓之乐来使新娘快乐的热闹场面。整首诗运用双声、叠韵和重叠词，同时叠章循环反复，增强了音韵美。

练习与思考

（一）填空

1. "好逑"的意思是_____，"参差"的意思是_____。

2. 这首诗以雎鸠雌雄应和鸣叫_____，描写了君子对淑女的思念与追求。"寤寐思服"和"辗转反侧"描写了心动之后的男子_____的情景。

（二）判断

1. "悠哉悠哉"用来形容男子结识心仪的女子之后喜悦的心情。（   ）

2. "钟鼓乐之"是男子因为思念过度幻想出来的情景。（   ）

（三）选择

1. 这首诗富于音韵美，其中_____是双声词，_____是叠韵词，_____是重叠词。

    A. 关关/窈窕/参差　　　　　　B. 关关/参差/窈窕

    C. 参差/窈窕/关关　　　　　　D. 参差/关关/窈窕

2. 下面对于"参差荇菜，左右流之"理解正确的是_____。（可多选）

    A. "左右流之"的意思是时而向左时而向右地摘取荇菜

    B. 诗中用摘取荇菜暗喻君子追求淑女

    C. 说明荇菜随水漂浮，不容易摘取

    D. 采荇菜这一行为引出了下文男子对女子的追求与相思

（四）简答

你对这首诗中所描写的哪个场面最难忘？为什么？

_____

_____

竹枝词二首(其一)[1]

[唐]刘禹锡

杨柳青青江水平,　　yáng liǔ qīng qīng jiāng shuǐ píng,
闻郎江上唱歌声。　　wén láng jiāng shàng chàng gē shēng.
东边日出西边雨,　　dōng biān rì chū xī biān yǔ,
道是无晴却有晴[2]。　dào shì wú qíng què yǒu qíng.

创作背景

竹枝词本来是巴渝一带一种边舞边唱的民歌,刘禹锡任夔州刺史时很喜欢这种民歌,于是就采用其曲子,创作了新的《竹枝词》,描写当地山水风俗和男女爱情,此诗就是其中之一。

注释

1. 竹枝词:乐府曲名,又名"竹枝""竹枝歌""竹枝曲",原是巴渝(今重庆一带)地区的民歌。
2. 晴:谐音"情"。

译文

岸上杨柳青翠,江中风浪平静,忽然江上小舟中传来男子的唱歌声。就好像东方出太阳,西边落雨,说它不是晴天吧,它又是晴天。

赏析

这首诗使用了与《诗经》相似的起兴手法,开篇从杨柳、江水写起,描写一个初恋的少女在杨柳青青的春日里,听到情郎的歌声后的内心活动。

前两句"杨柳青青江水平,闻郎江上唱歌声",写少女看见的景色和听到的歌声,在春意盎然的环境中,少年的歌声牵动了少女的情思,这歌声就像一块小石子投入平静的江水,在她的心中荡起了涟漪,写出了少女的暗恋之情。后两句"东边日出西边雨,道是无晴却有晴",用谐音双关的手法,把天"晴"和爱"情"巧妙地联系起来,以"晴"寓意"情";"有"和"无"强调的是"有",既写了江上阵雨天气,同时又把少女不安却又满怀希望的心理巧妙地描绘了出来,表现了含羞不露的内在感情,具有含蓄美。

练习与思考

(一)填空

1. "杨柳青青江水平"一句以_____和_____为背景,营造出清新自然的氛围。

2. "道是无晴却有晴"巧妙地描绘了少女_____的心理。

(二)判断

1. 这首诗使用起兴手法,描写少女在春日里听到情郎的歌声后的内心活动。（   ）

2. 这首诗采用直抒胸臆的写作手法,直白地表达了少女对江上唱歌少年的爱慕之情。（   ）

(三)选择

1. 这首诗主要体现了_____。
   A. 对自然风光的热爱与赞美　　B. 对人生无常的感慨与无奈
   C. 对美好爱情的渴望与向往　　D. 对社会现实的批判与反思

2. "道是无晴却有晴"通过_____,把天"晴"和爱"情"巧妙地联系起来。
   A. 寓情于景　　　　　　　　　B. 谐音双关
   C. 借景抒情　　　　　　　　　D. 叠音与双声

(四)简答

说一说你对"东边日出西边雨,道是无晴却有晴"的理解。

_____

_____

江城子·乙卯正月二十日夜记梦

[宋] 苏轼

十年生死两茫茫[1],　　　shí nián shēng sǐ liǎng máng máng,
不思量,自难忘[2]。　　　　bú sī liáng, zì nán wàng。
千里孤坟[3],无处话凄凉。　qiān lǐ gū fén, wú chù huà qī liáng。
纵使相逢应不识,　　　　　zòng shǐ xiāng féng yīng bú shí,
尘满面,鬓如霜。　　　　　chén mǎn miàn, bìn rú shuāng。

夜来幽梦忽还乡[4],　　　　yè lái yōu mèng hū huán xiāng,
小轩窗[5],正梳妆。　　　　xiǎo xuān chuāng, zhèng shū zhuāng。
相顾无言[6],惟有泪千行。　xiāng gù wú yán, wéi yǒu lèi qiān háng。
料得年年肠断处[7],　　　　liào dé nián nián cháng duàn chù,
明月夜,短松冈[8]。　　　　míng yuè yè, duǎn sōng gāng。

创作背景

苏轼19岁时，与16岁的王弗结婚，两人恩爱情深，但是王弗27岁就离开了人世，这对苏轼而言是巨大的打击。1075年正月二十日，身在密州的苏轼梦见亡妻王氏，便写下了这首传诵千古的悼亡词。

注释

1. 十年：指结发妻子王弗去世已10年。两茫茫：意思是双方你看不见我，我看不见你。词中指的是生者（苏轼）与死者（王弗），阴阳两隔，永远没有再见的机会。
2. 思量：想念。
3. 千里：指王弗葬地四川眉山与苏轼任所山东密州相隔遥远。孤坟：王弗之墓。
4. 幽梦：隐约的梦境。
5. 小轩窗：指小室的窗前。
6. 顾：看。
7. 料得：想来。
8. 短松：矮松。

译文

（我们夫妻两人）一生一死，已经10年，强忍着不去思念，却难以忘怀。孤坟在千里之外，没有地方可以诉说心中的悲伤凄凉。即使我和你相逢，恐怕你也认不出我来了，如今的我早已是灰尘满面，两鬓如霜。

昨夜在梦中又回到了家乡，看见你正在小窗前对镜梳妆。我们默默相对无言，只有泪落千行。想来那明月之下长着矮松的坟冈，是你年年思念我而痛苦的地方。

赏析

这首词采用了"现实—梦境—现实"交织的方式，通过记梦来抒写对亡妻真挚的爱情和深沉的思念。

上阕首句"十年生死两茫茫"描绘了生者和死者对对方的感受茫然无

知，流露出夫妻之间生死相隔的凄婉哀伤。"不思量，自难忘"直接抒发相思之情，即使强忍着不去思念，但是过去的情景却不知不觉浮现出来，难以忘记。"千里孤坟，无处话凄凉"，生者与死者相聚千里，时空的隔离，连诉说凄凉的地方也没有，表达的思念之情格外沉痛。"纵使相逢应不识，尘满面，鬓如霜"，虚实结合，把想象与现实结合在一起描述，"纵使相逢"这样不可能实现的假设恰恰表现了词人对妻子的深切想念，而"尘满面，鬓如霜"则写出了这10年来词人容颜的沧桑、形体的衰老，其中隐含着个人对所经历世事的忧愤。

下阙"夜来幽梦忽还乡"，写自己在梦中忽然回到了时常怀念的故乡，"忽"字含有意料之外的惊喜之感，而正是因为上阙中的"自难忘"，所以才有了"幽梦"。"小轩窗，正梳妆。相顾无言，惟有泪千行"，以妻子在窗前对镜梳妆这样日常的场景，刻画出妻子在苏轼脑海中永恒的印象，又一次回应了"自难忘"，但是生离死别之后发生的种种事情又不知从何说起，无言而有泪，痛彻心扉。最后3句，"料得年年肠断处，明月夜，短松冈"将梦境拉回现实之中，通过设想亡妻的痛苦，来表达深深的悼念之情，感人至深。

练习与思考

（一）填空

1. 题目中的"＿＿＿"是贯穿整首词的线索，整首词将＿＿＿与＿＿＿＿相互交织进行描写。
2. "夜来幽梦忽还乡"与"小轩窗，正梳妆"都回应了上文中所写的＿＿＿＿＿＿＿＿＿。

（二）判断

1. 这首悼亡词抒写了词人对亡妻真挚的爱情和深沉的思念。（ ）
2. 词人通过"不思量，自难忘"这样的表述，直抒对亡妻的思念之情。
（ ）

（三）选择

1. "纵使相逢应不识，尘满面，鬓如霜"所用的创作手法是＿＿＿＿，"尘满面，鬓如霜"＿＿＿＿。

    A. 视听结合／表达了对容貌日渐衰老的担忧
    B. 视听结合／隐含着个人对所经历世事的忧愤

C. 虚实结合/隐含着个人对所经历世事的忧愤

D. 虚实结合/表达了对容貌日渐衰老的担忧

2. _____将梦境拉回现实之中，通过设想亡妻的痛苦，来表达深深的悼念之情。

A. 十年生死两茫茫，不思量，自难忘

B. 千里孤坟，无处话凄凉

C. 相顾无言，惟有泪千行

D. 料得年年肠断处，明月夜，短松冈

（四）简答

说一说你对这首词中描绘的哪一个场景印象最深刻，为什么？

_____

_____

第七章　人生情感

一　剪　梅

[宋] 李清照

红藕香残玉簟秋[1]，　　hóng ǒu xiāng cán yù diàn qiū，
轻解罗裳[2]，独上兰舟[3]。　qīng jiě luó cháng，dú shàng lán zhōu。
云中谁寄锦书来[4]，　　yún zhōng shuí jì jǐn shū lái，
雁字回时[5]，月满西楼[6]。　yàn zì huí shí，yuè mǎn xī lóu。

花自飘零水自流[7]。　　huā zì piāo líng shuǐ zì liú。
一种相思，两处闲愁[8]。　yì zhǒng xiāng sī，liǎng chù xián chóu。
此情无计可消除[9]，　　cǐ qíng wú jì kě xiāo chú，
才下眉头，却上心头。　cái xià méi tóu，què shàng xīn tóu。

创作背景

这首词是李清照的早期作品，大约创作于1103年。1101年李清照与赵明诚结婚，婚后二人恩爱情深，有着许多共同的兴趣爱好。后来李清照的父亲李格非蒙冤，李清照也因此受到牵连，被迫还乡。与丈夫分别期间，她创作了多首词作表达思念之情，《一剪梅》是其中的代表作。

注释

1. 红藕：粉红色的荷花。玉簟：光滑如玉的竹席。
2. 轻解：轻轻地提起。裳：古人穿的下衣，也泛指衣服。
3. 兰舟：指小船。
4. 锦书：古人将妻子寄给丈夫的信称为锦书，也可以作为书信的美称。
5. 雁字：雁群飞行时，常排列成"人"字或"一"字形，这里用"雁字"指群飞的大雁。
6. 月满西楼：西楼洒满了月光。
7. 飘零：凋谢，凋零。
8. 闲愁：无端无谓的忧愁，指人在闲散无事时的烦恼和忧愁。
9. 无计：没有办法。

译文

粉红色的荷花凋谢，幽香也消散了，光滑如玉的竹席透着秋天的凉意。轻轻地提起丝裙，独自登上小船。白云舒卷处，谁会将锦书寄来？雁群飞回来时，月光已经洒满了西楼。

花独自地飘零着，水独自地流淌着。一种离别的相思，牵动了两处无端无谓的忧愁。这相思的愁苦没有办法消除，皱着的眉头才舒展，而思绪又涌上了心头。

赏析

这首词抒发了夫妻分离两地的相思之苦，表达了词人对丈夫的深厚情感。

上阕"红藕香残玉簟秋"点明时间，从视觉、嗅觉与触觉等方面进行描写，用花开花落感慨人世间的悲欢离合，以竹席生凉的肌肤触觉来表达与丈夫分别后孤独寂寞的内心感受。"轻解罗裳，独上兰舟"中，"轻解"与"独上"通过对词人一举一动的描写，细致地刻画出她不愿惊动他人，只想独自泛舟消愁的心理。"云中谁寄锦书来，雁字回时，月满西楼"，描写的空间从地上到了天上，相传大雁能传书信，将锦书、雁字等意象相互叠加，蕴含着深深的思念，而"满"字表明了时间的跨度从白天到晚上，以等待时间之长凸显思念之深。

下阕"花自飘零水自流"承上启下，与前文的"红藕香残"相呼应，眼前的流水与落花仿佛都是词人心中绵绵思念的外化表现；"一种相思，两处闲愁"，由己及人，也就是说，从自身相思进而想到丈夫一定也同样因离别而苦恼；"此情无计可消除，才下眉头，却上心头"承扣前两句，化无形为有形，"眉头"与"心头"相对应，"才下"与"却上"成起伏，不仅具有音韵美，而且还使看不见摸不到的相思离愁可见可感。

练习与思考

（一）填空

1. "红藕香残玉簟秋"从_____、_____、_____等方面进行描写，其中"玉簟秋"表达了_____的内心感受。
2. "花自飘零水自流"中的意象包括_____，这些都是词人_____的外化表现。

（二）判断

1. 这首词抒发了夫妻分离两地的相思之苦，词人将深深的思念寄托在红藕、兰舟等意象中。（   ）
2. "月满西楼"的意思是西楼洒满了月光，以等待时间之长来凸显思念之深。（   ）

（三）选择

1. _____通过对词人一举一动的描写，细致地刻画出她不愿惊动他人，只想独自泛舟消愁的心理。
   A. 雁字回时，月满西楼　　　B. 轻解罗裳，独上兰舟
   C. 一种相思，两处闲愁　　　D. 才下眉头，却上心头
2. 整首词的情感基调是_____。
   A. 欢快愉悦　　　　　　　　B. 忧愁哀怨
   C. 激昂慷慨　　　　　　　　D. 淡泊宁静

（四）简答

结合这首词的最后3句，说一说词人是如何化无形的离愁为有形的。

四、乡愁与亲情

渡 汉 江

[唐] 宋之问

岭外音书断[1],　　lǐng wài yīn shū duàn,
经冬复历春。　　jīng dōng fù lì chūn。
近乡情更怯[2],　　jìn xiāng qíng gèng qiè,
不敢问来人[3]。　　bù gǎn wèn lái rén。

创作背景

705年,宋之问被贬到岭南做官。当时岭南是边远的地区,环境恶劣,很多贬官到这里的人都没有活着回去。第二年春天,宋之问冒险逃回洛阳,这首诗就创作于归途中经过汉江的时候。

注 释

1. 岭外:指岭南。音书:(和亲人的)书信联系。
2. 怯:胆怯。
3. 问:询问,打探情况。来人:从故乡那边过来的人。

译 文

客居岭南以后与家人的书信来往就断绝了,经过了冬天又到了春天。离故乡越近心中越胆怯,不敢询问从故乡那边过来的人。

赏析

　　这首诗表现了诗人久别还乡，即将到家时的激动而复杂的心情。

　　前两句"岭外音书断，经冬复历春"追叙诗人贬居岭南的生活。被贬到蛮荒之地是第一重苦，与家人失去联系是第二重苦，经历漫长的分别是第三重苦。"断"与"复"既体现了诗人流放生活中的孤独、苦闷与悲伤，又体现出对家人的思念与牵挂，成为后两句诗的背景。后两句"近乡情更怯，不敢问来人"描写诗人逃归途中的心理变化。他日夜思念家人，又害怕家人由于自己而受到牵连、遭遇不幸，因为这种担忧很有可能被某个从故乡那边过来的人证实，所以不敢打探情况。"怯"与"不敢"表达出诗人复杂而矛盾的心情：一方面想急切见到家人，另一方面又非常担心家人受到牵连。

练习与思考

（一）填空

1. "音书"的意思是_____，"怯"的意思是_____。
2. "断"与"复"体现了诗人的孤独苦闷，同时还有对家人的_____。

（二）判断

1. 这首诗表现的是诗人离家前，既思念亲人又不得不远行的矛盾心情。（　　）
2. "不敢问来人"说明诗人不擅长与人打交道。（　　）

（三）选择

1. "岭外音书断，经冬复历春"这两句诗中包含了三重苦，不包括_____。
   A. 被贬到蛮荒之地　　　　B. 与家人失去联系
   C. 身体变得非常糟糕　　　D. 经历了与家人长时间的分别
2. "近乡情更怯，不敢问来人"中"怯"与"不敢"体现的心情是_____。（可多选）
   A. 想见到家人的急切　　　B. 不得不回家的无奈
   C. 害怕牵连家人的担心　　D. 一事无成的失落

（四）简答

"来人"是什么意思？说一说诗人为何"不敢问来人"。

杂诗三首（其二）

[唐]王维

君自故乡来，　　jūn zì gù xiāng lái,
应知故乡事。　　yīng zhī gù xiāng shì。
来日绮窗前[1]，　　lái rì qǐ chuāng qián,
寒梅著花未[2]？　　hán méi zhuó huā wèi ?

创作背景

安史之乱之后，王维在异乡长时间居住，忽然遇见以前的友人，激起了他强烈的乡思，因此，写下这首诗表达自己对故乡的思念。

注释

1. 来日：来的时候。绮窗：雕画花纹的窗户。
2. 著花未：开花没有？著：通"着"。未：用于句末，表示疑问。

译文

您是刚从我们家乡来的，一定知道家乡发生的事情。请问您来的时候，我家雕画花纹的窗户前，那一株寒梅开了没有？

赏析

这首诗写身居异乡的游子，询问从家乡来的友人自家的情况，选择了问窗前梅花这样独特的视角，思乡之情意蕴悠长。

前两句"君自故乡来，应知故乡事"，以一种近于生活自然状态的直接询问，将诗人的感情、心理、神态、语气等都表现了出来，传神地反映出他对故乡的牵挂，其中"应知"表现出急切想了解故乡情况的心情，有一种儿童式的天真与亲切。后两句"来日绮窗前，寒梅著花未"，不直接说思念故乡与亲人，而是对寒梅是否开花这一微小的细节表示关切。"寒梅"成了诗人心中故乡的象征，他把对往事的回忆与对亲人的思念全部都寄托在梅花上，情感表现得既含蓄又深厚，耐人寻味。

练习与思考

（一）填空

1. "绮窗"的意思是＿＿＿＿＿＿，"著花未"的意思是＿＿＿＿＿＿＿。
2. "应知"表现出诗人＿＿＿＿＿＿＿＿＿＿＿的心情。

（二）判断

1. 这首诗选择了问窗前梅花这样独特的视角来表达对故乡的思念。（　　）
2. "君自故乡来，应知故乡事"语言浅白，这样的询问接近生活自然状态。（　　）

（三）选择

1. "君自故乡来，应知故乡事"中的"君"指的是＿＿＿＿。

　　A. 诗人的好朋友　　　　　B. 诗人的亲戚

　　C. 来看望诗人的人　　　　D. 刚从故乡来的人

2. 对于诗中"寒梅"这个意象理解不正确的是＿＿＿＿。

　　A. 象征着诗人心中的故乡

　　B. 寄托着诗人对往事的回忆与对亲人的思念

　　C. 说明诗人非常善于养梅花

　　D. 含蓄而深厚地表达出思乡的情感

（四）简答

如果选择一个意象来表达你的思乡之情，你会选择什么？为什么？

月夜忆舍弟[1]

[唐] 杜甫

戍鼓断人行[2]，　　shù gǔ duàn rén xíng,
边秋一雁声。　　　biān qiū yí yàn shēng。
露从今夜白[3]，　　lù cóng jīn yè bái,
月是故乡明。　　　yuè shì gù xiāng míng。
有弟皆分散，　　　yǒu dì jiē fēn sàn,
无家问死生。　　　wú jiā wèn sǐ shēng。
寄书长不达[4]，　　jì shū cháng bù dá,
况乃未休兵[5]。　　kuàng nǎi wèi xiū bīng。

创作背景

安史之乱中，杜甫的几个弟弟分散在山东、河南一带。由于战争，音信不通，引发了他的深深担心和思念，这首诗就是在这种情境下创作的。

注释

1. 舍弟：对自己弟弟的谦称。
2. 戍鼓：戍楼上报更的鼓声。古代中国把夜晚分成5个时间段，称为五更，鼓报三更，路上就不准有行人。断人行：指戍鼓声响起后，就开始宵禁。断：断绝。

3. 露从今夜白：意思是今夜正好是白露节气。中国古代在历法之外，还订立了一种用来指导农事的补充历法，称为二十四节气，白露就是其中之一，属于秋天的第三个节气，从白露开始昼夜温差逐渐拉大。
4. 长：一直，总是。不达：收不到。
5. 况乃：何况是。未休兵：战争还没有结束。

译 文

戍楼上鼓声响起，路上没有了行人，秋天的边塞传来孤雁的哀鸣。从今夜就进入了白露节气，（在我看来）还是故乡的月亮最明亮。虽然有兄弟，但（因为战争）都已经离散了，（我已经）没有家了，更无法打听到他们生死的消息。平时寄出的家书常常不能送到，何况是战争还没有结束的情况下。

赏 析

这首诗是杜甫因思念离散的弟弟而写的望月怀人之作。

首联"戍鼓断人行，边秋一雁声"，以所见所闻来描绘边塞秋天荒凉的景象。"断人行"是诗人看到的景象，侧面反映战事没有结束，戍鼓与雁声是听到的声音，渲染了月夜悲凉压抑的气氛。颔联"露从今夜白，月是故乡明"，透露出白露时节天气的寒凉，同时与诗题"月夜"呼应，其中对于明月的描写，寓情于景，所谓"故乡的月亮最明亮"是一种以幻作真的写作手法。颈联"有弟皆分散，无家问死生"，由望月转入怀念亲人。战乱之后弟兄离散，故乡的家也已经没有了，愁思中饱含对亲人生死的担忧，语气沉重。尾联"寄书长不达，况乃未休兵"，进一步抒发内心的忧虑，亲人们四处流散，平时寄出的书信都总是不能收到，更何况战争期间，无奈之中是对亲人无限的深情和牵挂，反映出安史之乱带给人民的深重苦难。

练习与思考

（一）填空

1. "戍鼓断人行，边秋一雁声"中_____是所见，_____是所闻。
2. 如果你在秋天微凉的夜里望见月亮，想起了故乡，你可以用这首诗中的_____来表达自己对故乡的思念。

（二）判断

1. "有弟皆分散，无家问死生"由望月转入怀念亲人，饱含对亲人生死的担忧。　　　　　　　　　　　　　　　　　　　　　　　　　（　　）

2. "寄书长不达"意思是家书一直没有写完寄出，所以亲人也无法收到。
　　　　　　　　　　　　　　　　　　　　　　　　　　　（　　）

（三）选择

1. 可以从哪些方面理解"戍鼓断人行，边秋一雁声"？_____（可多选）

    A. 描绘了边塞秋天荒凉的景象。

    B. 侧面反映战事没有结束。

    C. 凸显了诗人对边塞风景的喜爱。

    D. 渲染了月夜悲凉压抑的气氛。

2. 下面对于"露从今夜白，月是故乡明"理解不正确的是_____。

    A. 透露了天气的寒凉

    B. 呼应了诗题"月夜"

    C. 将故乡的月亮比喻成明珠

    D. 其中"月是故乡明"采用以幻作真的创作手法

（四）简答

中国人常常用月亮这个意象表达对故乡和亲人的思念，在你的国家表达这种情感的最经典意象是什么？请用中文翻译一句含有这个经典意象的诗句。

_____

_____

游子吟[1]

[唐] 孟郊

慈母手中线，　　cí mǔ shǒu zhōng xiàn,
游子身上衣。　　yóu zǐ shēn shàng yī。
临行密密缝[2]，　lín xíng mì mì féng,
意恐迟迟归[3]。　yì kǒng chí chí guī。
谁言寸草心[4]，　shuí yán cùn cǎo xīn,
报得三春晖[5]。　bào dé sān chūn huī。

创作背景

孟郊在50岁时结束了长年的漂泊生活，将母亲接来同住。他经历了世间万事，更感觉到亲情的宝贵，于是写下了这首感人至深的诗。

注　释

1. 游子：离开故乡远游的人。
2. 临行：将要出发前。临：将要。密密缝：一针一针密密地缝制。
3. 意恐：担心。归：回来，回家。
4. 寸草心：子女像小草那样微弱的孝心。寸草：小草，这里比喻子女。
   心：语义双关，既指草木的茎干，也指子女的孝心。

5. 报得：报答。三春晖：春天的阳光，比喻春光一样温暖的母爱。三春：中国传统农历称正月为孟春，二月为仲春，三月为季春，合称三春。晖：阳光。

译文

慈爱的母亲用手中的针线，为远游的孩子赶制衣服。临出发前一针针密密地缝制，担心孩子走后很长时间才能回家，衣服会破损。有谁敢说，子女像小草那样微弱的孝心，能够报答像春光一样温暖的母爱呢？

赏析

全诗通过描写游子临行前慈母缝衣的场景，歌颂了母爱的伟大与无私。

前四句采用白描的手法，塑造了一个深爱儿子的母亲形象。"慈母手中线，游子身上衣"写的是母亲与儿子相依为命的深情，"线"与"衣"都是平常普通的事物，但是与"慈母""游子"联系在一起，却产生了动人的效果，同时又引出了下一句"密密缝"的动作。"临行密密缝，意恐迟迟归"写母亲为儿子赶制衣服的动作，凸显了母亲担心儿子"迟迟归"的心理，画面细腻感人，母亲对儿子的疼爱全部都蕴含在密密缝制的每个针脚中。最后两句"谁言寸草心，报得三春晖"，由叙事转为抒情，将儿女比作小草，将母爱比作春天的阳光，形象的比喻中寄托着儿子对母亲发自内心的感激。

练习与思考

（一）填空

1. "临行"的意思是_____，"意恐"的意思是_____，诗的后两句由叙事转为_____。

2. "谁言寸草心，报得三春晖"中用"寸草心"来比喻_____，用"三春晖"来比喻_____。

（二）判断

1. 这首诗描写了漂泊在外的游子收到母亲寄赠的衣物后，眼前所出现的母亲缝制衣物场景。（   ）

2. "临行密密缝，意恐迟迟归"中用"密密""迟迟"两个叠音词，表现了母亲对孩子的爱与牵挂。（   ）

(三)选择

1. 下列哪一项不是这首诗所表达的主要情感?_____
   A. 赞扬母爱的伟大与无私。
   B. 体现游子对母亲的感激与思念。
   C. 批评不孝敬母亲的行为。
   D. 反映出难以报答母爱的遗憾。

2. 下面对于"慈母手中线,游子身上衣。临行密密缝,意恐迟迟归"理解正确的是_____。(可多选)
   A. 采用白描手法塑造母亲形象
   B. "线"与"衣"这两个意象在特定场景中产生了动人效果
   C. 将母亲对儿子的担心通过细节描写表现出来
   D. 反映了儿子对于不得不与母亲分别的无奈

(四)简答

你的国家用什么来比喻母爱?请用中文翻译一句你的国家最有名的赞美母爱的诗句,并写下来。

_____

_____

选录诗词作者简介

曹操（155—220年），字孟德，谥号武皇帝，东汉末年杰出的政治家、军事家、文学家。他创作的诗歌语言质朴，想象丰富，气势磅礴，具有很强的浪漫主义色彩。

陶渊明（352或365或372或376—427年），名潜，字元亮，自号"五柳先生"，东晋诗人、辞赋家、散文家。他是中国第一位田园诗人，被称为"古今隐逸诗人之宗"，诗作多描绘自然景色和农村生活，善于以白描、写意手法勾勒景物、点染环境。

王勃（649或650—676年），字子安，唐朝文学家、诗人，与杨炯、卢照邻、骆宾王并称"初唐四杰"。他创作的诗歌慷慨激越，雄浑壮阔，表现出初唐时期昂扬的精神风貌。

宋之问（约656—713年），字延清，初唐诗人，与沈佺期并称"沈宋"。他的诗歌文辞华丽，自然流畅，在山水描写上颇具特色，对盛唐诗人王维的山水诗创作产生了重要影响。

贺知章（659—约744年），字季真，晚年自号"四明狂客"，唐代诗人、书法家，与张若虚、张旭、包融并称"吴中四士"。他的诗以绝句见长，风格明快，感情自然，语言朴实，表现出旷达洒脱的个性。

孟浩然（689—740年），字浩然，号孟山人，世称"孟襄阳"，唐代著名的山水田园诗人，与王维并称"王孟"。他善于发掘自然和生活之美，写出真切的感受，诗风清淡自然。

王之涣（688—742年），字季凌，与岑参、高适、王昌龄一同被世人称为唐代"四大边塞诗人"，作品传世很少，《全唐诗》中仅存6首。他的诗歌虽然用词朴实，但是营造的意境深远，令人回味无穷。

崔颢（？—754年），字、号均不详，唐代诗人。他早期的诗歌多写闺情，诗风较轻浮，后期以边塞诗为主，诗风激昂豪放，气势宏伟，具有清刚劲健之美。

王昌龄（？—756年），字少伯，唐代著名边塞诗人，与李白、高适、王维、王之涣、岑参等人交往深厚，其诗以七绝见长，有"七绝圣手"之称。他创作的边塞诗慷慨豪迈，气势雄浑，格调高昂，语言简练而内涵丰富。

王维（701？—761年），字摩诘，号摩诘居士，唐代诗人、画家，与孟浩然并称"王孟"，有"诗佛"之称，是唐代田园山水诗派的代表人物，他的诗作有写意传神、形神兼备之妙，苏轼曾经评价说："味摩诘之诗，诗中有画；观摩诘之画，画中有诗。"

李白（701—762年），字太白，号青莲居士，爱饮酒作诗，喜交友，唐代著名的浪漫主义诗人，被后人称为"诗仙"，与杜甫并称"李杜"。他的诗歌想象丰富、豪放飘逸，常常将想象、夸张、比喻、拟人等手法综合运用，营造出奇妙的意境。

高适（700—765年），字达夫，渤海蓨（今河北景县）人，唐代著名边塞诗人，与岑参、王昌龄、王之涣一同被世人称为唐代"四大边塞诗人"。他创作的诗歌风格慷慨激昂，充满了报国安边的壮志豪情，语言质朴。

杜甫（712—770年），字子美，自号少陵野老，唐代现实主义诗人的代表，与李白并称"李杜"，被后人称为"诗圣"。他的诗歌多反映社会现实，充满对国家命运的担忧和思考，对人民苦难的关注和同情，风格沉郁顿挫，讲求炼字炼句。

岑参（约715—770年），唐代诗人，与高适并称"高岑"。他创作的诗歌风格清丽，意境新奇，想象丰富，具有浪漫主义色彩。他善于写边塞诗，所创作的这类诗，雄奇瑰丽，充满英雄气概和不畏艰苦的乐观精神。

张继（约715—约779年），字懿孙，唐代诗人，天宝十二载（753）中进士。他的诗不讲究雕琢，"有道者风"而且也有"禅味"。虽然流传下来的诗仅有50首，但是《枫桥夜泊》却成了千古绝唱。

韩翃（生卒年不详），字君平，唐代诗人，"大历十才子"之一。他长期在军队里从事文书工作，擅长写送别题材的诗歌，写景细腻别致。

孟郊（751—814年），字东野，唐代著名诗人，有"诗囚"之称。他的诗多为五言古诗，讲究苦吟推敲，诗风奇崛孤峭，刻意寻求新的词句，使用过去诗中少见的生僻字与生冷的意象，少量诗作例如《游子吟》等较为浅白。

王建（约767—约830年），字仲初，唐代大臣、诗人。他以反映现实生活的乐府诗著称，同时也创作了不少反映唐代宫廷生活的宫词。诗作善于选择有典型意义的人物、事件和环境进行艺术概括，题材广泛，语言通俗凝练。

韩愈（768—824年），字退之，自称"郡望昌黎"，世称"韩昌黎"，唐代中期文学家、思想家，古文运动的倡导者，被后人尊为"唐宋八大家"之首，文与柳宗元并称"韩柳"，诗与孟郊并称"韩孟"。他诗歌笔力雄健，呈现出散文化与议论化的倾向，开"以文为诗"的风气，影响了宋诗的发展，部分诗作也呈现出风格清新，语言质朴，富于神韵的特点。

刘禹锡（772—842年），字梦得，唐代文学家、哲学家，与柳宗元并称"刘柳"。他的诗题材广泛，诗风雄浑爽朗，有"诗豪"之称，语言简洁明快，表现出昂扬向上的精神状态，同时也不乏含蓄深沉的作品。

选录诗词作者简介

白居易（772—846年），字乐天，号香山居士，又号醉吟先生，唐代著名的现实主义诗人。他创作的诗歌题材广泛，语言平易通俗，富有情味，倡导新乐府运动，创作了大量讽喻诗。

柳宗元（773—819年），字子厚，唐代文学家、思想家，唐宋八大家之一，世称"柳河东"，与韩愈并称"韩柳"。他的诗善于用淡泊雅致的文笔，委婉地抒写自己的心情，所作山水诗常常将孤寂心情寄托于幽僻的风景中。

杜牧（803—853年），字牧之，号樊川居士，唐代诗人，与李商隐并称"小李杜"。他的古诗受杜甫、韩愈的影响，善于将叙事、议论、抒情三者融为一体，其中写景抒情的诗歌特别善于捕捉自然景物中美的形象。

李商隐（813—858年），字义山，号玉谿生，晚唐著名诗人，与杜牧合称"小李杜"。他在政治斗争中受到排挤，一生不得志，诗作多描写对于时代的感慨和个人失意的心情，大部分诗作构思新奇，风格秾丽，有的作品善于使用典故，其中爱情诗和无题诗写得优美动人。

高骈（821—887年），字千里，唐代后期名将、诗人。他为武臣而好文学，留存诗作五六十首，绝句较多，其中写景诗清新活泼，构思巧妙。

欧阳修（1007—1072年），字永叔，号醉翁，晚年号六一居士，北宋政治家、文学家，与韩愈、柳宗元、苏轼、苏洵、苏辙、王安石、曾巩被世人称为"唐宋八大家"。他对词这种文学体裁进行了革新，扩大了词的抒情功能，改变了词的审美趣味，使词向通俗化的方向发展。

王安石（1021—1086年），字介甫，号半山，北宋著名思想家、政治家、文学家、改革家。他的诗有两类，一类是有较强的思想性的政治诗，另一类是写景抒情的闲适诗，其中绝句受人推崇，富有理趣。

苏轼（1037—1101年），字子瞻，号东坡居士，北宋文学家、书画家。一生仕途坎坷，学识渊博，诗文书画皆精。其文汪洋恣肆，明白畅达，与欧阳修并称欧苏，为"唐宋八大家"之一；诗清新豪健，善用夸张、比喻，艺术表现独具风格，与黄庭坚并称"苏黄"；词开豪放一派，对后世有巨大影响，与辛弃疾并称"苏辛"。

秦观（1049—1100年），字少游，一字太虚，号淮海居士，苏轼弟子，北宋婉约派代表词人之一。他的词以婉约词风为主，秀丽含蓄，追求意象的精致，营造出一种凄迷朦胧的意境。

李清照（1084—1155年），号易安居士，宋代婉约派女词人，有"千古第一才女"之称，她的词世称"易安体"。写词善用白描手法，语言清丽，其作品分为前后两个时期，前期多写少女、少妇的闺阁生活，情调风雅浪漫，后期多写国家与个人的悲惨命运，情调感伤。

陆游（1125—1210年），字务观，号放翁，南宋文学家、爱国诗人。他的诗语言平易，创作了不少表达爱国情感的作品，兼具李白的雄奇和杜甫的沉郁；他的词风格多样，有的清丽缠绵，有的深沉高远。

杨万里（1127—1206年），字廷秀，号诚斋，南宋著名诗人，与陆游、尤袤、范成大并称"中兴四大诗人"。他的诗以写自然景物见长，善于白描，语言浅近自然，风格通俗清新，富有幽默情趣，被称为"诚斋体"。

辛弃疾（1140—1207年），字幼安，号稼轩，南宋豪放派词人，与苏轼并称"苏辛"。他的词抒写力图恢复国家统一的爱国热情，也有不少吟咏祖国河山的作品，题材广阔又善于用典，风格豪迈，同时又不乏细腻清新之作。

文天祥（1236—1283年），字宋瑞，自号文山，南宋末年政治家、文学家、抗元英雄。他被元军俘虏后，被囚3年，誓死不屈，最后从容就义，终年47岁，谥号"忠烈"。代表作品有《正气歌》《过零丁洋》等，书写坚贞的品格与对祖国的忠诚，留下"人生自古谁无死，留取丹心照汗青"的千古名句。

马致远（约1251—1321年后），号东篱，元代戏曲家，与关汉卿、郑光祖、白朴并称"元曲四大家"。他创作的散曲内容丰富，涉及咏史、归隐、恋情、思乡等题材，常用通俗明白的口语，同时，善于选择典型形象描绘，构成一幅幅生动的图画。

袁枚（1716—1798年），字子才，号简斋，晚年又号随园老人，清代诗人、散文家。他主张"诗写性情"，是"性灵诗派"创作理论的倡导者，认为诗歌创作应当抒发人的真情实感，诗作直抒胸臆，坦白率真，充满生命力。

参 考 书 目

1. ［清］王国维.人间词话［M］.上海：上海古籍出版社，1998.
2. 闻一多.唐诗杂论［M］.上海：上海古籍出版社，1998.
3. 骆玉明.美丽古典［M］.上海：复旦大学出版社，2003.
4. 俞平伯，等.唐诗鉴赏辞典［M］.上海：上海辞书出版社，2013.
5. 缪钺，等.宋诗鉴赏辞典［M］.上海：上海辞书出版社，2015.
6. 唐圭璋，等.唐宋词鉴赏辞典［M］.上海：上海辞书出版社，2016.
7. ［唐］司空图.二十四诗品［M］.杭州：浙江古籍出版社，2018.
8. 叶嘉莹.古诗词课［M］.北京：生活·读书·新知三联书店，2018.
9. 李秀然.诵读艺术技巧与训练［M］.北京：中国传媒大学出版社，2018.
10. 陈引驰.中国最美古诗词［M］.上海：上海文艺出版社，2018.
11. 辞海编辑委员会.辞海（第七版）［M］.上海：上海辞书出版社，2020.
12. 大途教育普通话水平测试专用教材研究组.普通话水平测试专用教材［M］.上海：复旦大学出版社，2021.
13. 葛晓音.唐诗宋词十五讲（第三版）［M］.北京：北京大学出版社，2021.
14. 方笑一.诗意人间［M］.上海：东方出版中心，2021.
15. 马力.播音主持音声创造［M］.上海：华东师范大学出版社，2022.
16. 骆玉明.古诗词课［M］.南京：江苏凤凰文艺出版社，2023.